मन्नू भंडारी

मन्नू भंडारी का जन्म 3 अप्रैल, 1931 को भानपुरा, मध्य प्रदेश में हुआ। लेखन-संस्कार पिता श्री सुखसम्पतराय से विरासत में मिले। स्नातकोत्तर के उपरान्त लेखन के साथ-साथ वर्षों दिल्ली विश्वविद्यालय के मिरांडा हाउस में हिन्दी का अध्यापन किया। विक्रम विश्वविद्यालय, उज्जैन में 'प्रेमचन्द सृजनपीठ' की अध्यक्ष भी रहीं। 'आपका बंटी' और 'महाभोज' उनकी चर्चित औपन्यासिक कृतियाँ हैं। अन्य उपन्यास हैं—'एक इंच मुस्कान' (राजेन्द्र यादव के साथ) तथा 'स्वामी'। ये सभी उपन्यास 'सम्पूर्ण उपन्यास' शीर्षक से एक जिल्द में भी उपलब्ध हैं। उनके कहानी-संग्रह हैं—'एक प्लेट सैलाब', 'मैं हार गई', 'तीन निगाहों की एक तस्वीर', 'यही सच है', 'प्रतिनिधि कहानियाँ' तथा सभी कहानियों का समग्र 'सम्पूर्ण कहानियाँ'। 'एक कहानी यह भी' उनकी आत्मकथ्यात्मक पुस्तक है जिसे उन्होंने अपनी लेखकीय आत्मकथा कहा है। 'निर्मला' और 'रजनीगंधा' उनकी पटकथा पुस्तकें हैं। 'महाभोज', 'बिना दीवारों के घर', 'उजली नगरी चतुर राजा' नाट्य-कृतियाँ तथा बच्चों के लिए पुस्तकों में प्रमुख हैं–'आसमाता' (उपन्यास); 'आँखों देखा झूठ', 'कलवा' (कहानी) आदि। उन्हें 'व्यास सम्मान', 'शिखर सम्मान', 'शब्द साधक शिखर सम्मान' समेत कई सम्मानों से सम्मानित किया गया।

निधन : 15 नवम्बर, 2021

तीन निगाहों की एक तस्वीर

मन्नू भंडारी

राधाकृष्ण पेपरबैक्स

पहला पुस्तकालय संस्करण
श्रमजीवी प्रकाशन इलाहाबाद द्वारा
1958 में प्रकाशित

राधाकृष्ण पेपरबैक्स में
पहला संस्करण : 2001
पाँचवाँ संस्करण : 2023

राधाकृष्ण पेपरबैक्स : उत्कृष्ट साहित्य के जनसुलभ संस्करण

राधाकृष्ण प्रकाशन प्राइवेट लिमिटेड
जी-17, जगतपुरी, दिल्ली-110 051
द्वारा प्रकाशित

शाखाएँ : अशोक राजपथ, साइंस कॉलेज के सामने, पटना-800 006
पहली मंजिल, दरबारी बिल्डिंग, महात्मा गांधी मार्ग, प्रयागराज-211 001
1, अनमोल सोराबजी संतुक लेन, धोबी तलाव, मरीन लाइंस, मुम्बई-400 002

वेबसाइट : www.radhakrishnaprakashan.com
ई-मेल : info@radhakrishnaprakashan.com

बी.के. ऑफसेट
नवीन शाहदरा, दिल्ली-110 032
द्वारा मुद्रित

मूल्य : ₹ 199

TEEN NIGAHON KI EK TASVIR
Short Stories by Mannu Bhandari

ISBN : 978-81-7119-713-2

मेरी एक निगाह जिसकी तीन तस्वीरें
एक साथ देखती हैं उसी बहिन, सुहृत और प्रेरणा
प्रिय सुशीला को

अनुक्रम

तीन निगाहों की एक तस्वीर

नैना

सहमे-से हाथ से मैंने दरवाजे की कुंडी खटखटाई। एक-बार भयभीत-सी नज़र आस-पास के घरों पर डाली। गली में उस समय अन्धकार के साथ-साथ नीरवता भी छाई हुई थी। सामने के घर की खिड़की पर गोदी में बच्चा लिए एक औरत खड़ी थी। वेश-भूषा से वह एकदम गृहस्थिन लग रही थी।...नहीं-नहीं, यह मोहल्ला ऐसा-वैसा नहीं हो सकता! कुछ अधिक विश्वास के साथ एक बार ज़ोर से फिर मैंने कुंडी खटखटाई। गली के लैम्प-पोस्ट का धीमा प्रकाश मकान के 23/8 नम्बर पर सीधा पड़ रहा था। मकान तो यही है, पता नहीं, अन्दर क्या देखने को मिले? यही सोच रही थी कि दरवाजा खुला और एक बुढ़िया को सामने खड़ा पाया। उसके पान खाए होंठों ने मन को यों आक्रान्त कर दिया कि मैं कुछ पूछना भूल अवाक्-सी उसका मुँह ही देखती रह गई। दीवारों पर भी पान की पीक के दाग नज़र आए। तो क्या माँ ठीक ही कह रही थीं?

"किसको चाहती हो?" तभी कानों से यह प्रश्न टकराया।

मेरे होश लौटे, "दर्शना देवी यहीं रहती हैं?—मैं कानपुर से आई हूँ।" मैंने हकलाते हुए कहा।

"नैना हो क्या? आओ-आओ, ऊपर आओ! बीबीजी तो बस कल से तुम्हारा ही नाम रट रही हैं, उनके प्राण शायद तुममें ही अटके हैं!

तुम आ गईं, बहुत अच्छा किया!''

वह और भी जाने क्या-क्या बोले चली जा रही थी, पर मैं बिना कुछ सुने यन्त्रवत् उसके पीछे खिंची चली जा रही थी। मेरे कान ऊपर की आहट लेने को सतर्क थे और नज़र इधर-उधर कुछ ढूँढ़ रही थी, पर न मुझे कुछ सुनाई दे रहा था न दिखाई। मुझे पूरी तरह इस बात का भी होश नहीं कि कब मैं छोटे-से कमरे में एक मृत-प्रायः रोगिणी की शय्या के समीप जा खड़ी हुई।

बुढ़िया ने कहा–''बीबीजी, नैना आ गई है!''

और जब पलंग पर लेटी उस कृशकाय नारी की निस्तेज आँखें मेरे शरीर पर ऊपर से नीचे घूमने लगीं, तो मेरा रोम-रोम काँप उठा।

तो ये हैं मेरी दर्शना मासी! और तभी मेरी आँखों के सामने आज से कोई सात साल पहले मेरे घर के ड्राइंग-रूम में लटकी, मासी की वह तस्वीर घूम गई, जिसमें मासी नवविवाहिता वधू के रूप में शरमाई-सी मासाजी से सटकर बैठी थीं। पर उस रूप में और इस रूप में तो कोई साम्य नहीं है। यह कैसे हालत हो गई मासी की?

जाऊँ, उनके पास जाकर बैठूँ, यह सोचकर जैसे-ही क़दम बढ़ाया कि मासी का क्षीण स्वर सुनाई दिया। शून्य आँखों से देखते हुए वह बोलीं–''मैं जानती थी, जीजी कभी नैना को मेरे पास नहीं भेजेंगी। भेज देतीं, तो एक बार उसे प्यार करके मन की निकाल लेती। नैना की जगह यह न जाने किसे भेज दिया है! अन्त समय में मुझे यों न छलतीं तो उनका क्या बिगड़ जाता?''

उनकी आँखों से आँसू टपक पड़े और उन्होंने करवट लेकर मेरी ओर पीठ कर ली। मैं जड़वत् जहाँ-की-तहाँ खड़ी रह गई।

बुढ़िया ने मुझे समझाया–''अभी होश में नहीं हैं, तुम उधर चलकर खाओ-पीओ। सवेरे होश आने पर पहचान लेंगी। कल से तुम्हारा ही नाम रट रही थीं।''

पर मेरे पाँव तो जैसे वहीं जम गए थे। बार-बार एक ही बात दिमाग़ में गूँज रही थी, क्या सबने इन्हें छला ही है? मैंने एक बार कमरे

में चारों ओर नज़र डाली। कमरे के धीमे प्रकाश में वहाँ की उदासी और भी बढ़ गई थी। कमरे की अस्त-व्यस्त चीज़ों की आड़ी-टेढ़ी बेडौल छायाएँ दीवार पर पड़ रही थीं, देखकर ही मन भय से भर उठा। उस समय मासी की हालत पर तरस कम और सबको नाराज़ करके यहाँ चले आने की अपनी ज़िद पर पश्चाताप अधिक हो रहा था।

बुढ़िया मुझे दूसरे कमरे में छोड़कर चली गई। जाने कितने-कितने प्रश्न आँधी की तरह मेरे मन में उमड़-घुमड़ रहे थे। माँ की बातें, मासी की हालत, घर का वातावरण, सब मेरे सामने एक अनबूझ पहेली की तरह खड़े थे। मैंने अपनी सतर्क नज़रों से इधर-उधर देखना शुरू किया। एकाएक ही कोने में रखे सितार, तानपूरे और तबले में मेरी दृष्टि उलझ गई। ये चीज़ें कभी देखी न हों, सो बात नहीं, पर यहाँ देखकर मेरे रोएँ खड़े हो गए। जबर्दस्ती दबाई हुई मन की आशंका पूरे वेग से उभर आई। देखते-ही-देखते कमरे के कोने में रखे वे वाद्य-यन्त्र झनझना उठे, तबला ठनकने लगा, घुँघरू झनकने लगे और कहकहों की गूँज से कमरा भर गया। मुझे लगा, मेरा सिर चकरा जाएगा। इस सबके बीच माँ की क्रोध-भरी मूर्ति दिखाई देने लगी, "देख नैना,! उस छिन्नाल के घर तू मत जा! वह मर रही है तो मरने दे। मैंने तो सात साल पहले ही उसे मरा समझ लिया था। ज़िद करके तू वहाँ चली गई तो समझ लेना, माँ तेरे लिए मर गई।"

मैं पसीने से तर-बतर हो गई। मैंने अपने को ही समझाते हुए कहा, नहीं-नहीं, मेरी दर्शना मासी ऐसी नहीं हो सकतीं। यह सब ग़लत है। और मैंने उस अदृश्य नाचती नारी के स्थान पर मासी की वही छवि ला बिठाई, जिसमें वह नवविवाहिता वधू बनकर बैठी थीं।

"नैना बेटी, कुछ खा लो," बुढ़िया थाली लिए मेरे सामने खड़ी थी।

"यहाँ अब कोई आएगा तो नहीं? रात में क्या यहाँ बहुत लोग आते-जाते हैं?" एक साँस में ही मैं पूछ बैठी।

"रात दिन क्या, यहाँ तो कभी कोई नहीं आता। जब बीबीजी की

तबीयत ज़्यादा ख़राब होती है, तो मैं ही वैद्यजी को बुला लाती हूँ।''

मैंने निश्चिन्तता की एक लम्बी साँस ली। इच्छा हुई, इस बुढ़िया से ही सबकुछ पूछ डालूँ, सबकुछ जान लूँ, पर भय के मारे जाने कैसी जड़ता मन में व्याप गई थी कि मैं कुछ पूछ ही नहीं पाई। खाया मुझसे कुछ नहीं गया, चुपचाप लेट गई।

अजनबी घर में अजनबी लोगों के बीच पड़े-पड़े जाने कैसा लग रहा था। सोचा, मैं क्यों चली आई? घर में सबसे लड़कर, सबको नाराज़ करके यहाँ आने की अपनी ज़िद को जैसे मैं स्वयं ही नहीं समझ पा रही थी। मासी, जिन्हें मैंने अपनी ज़िन्दगी में पहली और आखिरी बार चार वर्ष की उम्र में देखा था और जिनकी मुझे लेशमात्र भी याद नहीं थी, उनका प्रेम मुझे यहाँ खींच लाया, यह बात मन में किसी प्रकार भी टिक नहीं पा रही थी। तब? शायद यह महज कौतूहल था, जो मुझे यहाँ खींच लाया था।

जब से होश सँभाला, अपनी इस मासी के रूप-गुण का बहुत बखान सुनती आ रही थी मैं। अपने जन्म-दिन पर उपहार पाकर मेरे मन में यह धारणा बहुत दृढ़ हो गई थी कि वह मुझे बहुत प्यार करती हैं। माँ भी बराबर यह कहा करती थीं कि नैना ने दर्शना का मन मोह रखा है। जब मैं छः वर्ष की हुई, तो मासी का विवाह हुआ। पर माँ बताती है कि मैं ऐसी बीमार पड़ी कि कोई भी उनके विवाह में सम्मिलित नहीं हो सका। उसके बाद मासी के विषय में बाते तो मैं बहुत सुनती, पर न माँ मुझे कभी वहाँ भेजती, न मासी को ही कभी बुलातीं। जब बात समझने की अक्ल आई, तो जाना, मासा जी को ऐसा रोग है कि माँ मुझे वहाँ भेज ही नहीं सकती, और मासी, मासाजी को बीमारी की हालत में छोड़कर आ नहीं सकतीं। और धीरे-धीरे यह रोग भी जैसे जीवन के दैनिक कार्यक्रम की तरह बन गया जिसे हमने मासी का दुर्भाग्य समझकर उस पर सोचना भी छोड़ दिया।

आज से क़रीब सात साल पहले का वह दिन मुझे अच्छी तरह याद है, जब मासाजी का एक पत्र पाकर घर में एक अजीब-सी दहशत छा

गई थी। माँ बहुत रोई थी, पिताजी के समझाने पर उसने कहा था—इससे तो दर्शना मर जाती तो अच्छा था! कुल को कलंक तो नहीं लगता।

इसके बाद करीब पन्द्रह दिनों तक कभी मामाजी का पत्र आता तो कभी बड़ी मासी का, और कुछ पूछने पर घर में क्रोध-भरी फटकार के सिवाए मुझे कुछ नहीं मिलता। एक दिन गुस्से में आकर माँ ने ड्राइंगरूम से मासी की तस्वीर भी उठाकर फेंक दी और उसके बाद से तो मासी का नाम तक लेना वर्जित हो गया। मैं उस समय उम्र के उस दौर से गुजर रही थी, जब छोटी-से-छोटी बात भी मन पर बड़ा रहस्य बनकर छा जाती है। पर किसी तरह भी नहीं जान पाई कि आखिर मासी ने ऐसा क्या अपराध कर डाला कि एकाएक ही वह सबके लिए घृणा की पात्री बन गईं? जानती भी कैसे? माँ तो मुझे उनके नाम से ही इस प्रकार बचा-बचाकर रखती, मानों उनकी छाया भी मुझपर पड़ गई तो मेरे लोक-परलोक, दोनों ही भ्रष्ट हो जाएँगे! मैं माँ की इकलौती बिटिया जो थी।

इसके बाद जब मेरे जन्म-दिन पर मासी का उपहार आया तो माँ ने साफ मना कर दिया कि उसके घर की रत्ती-भर चीज़ भी नहीं ली जाएगी। पर मैं अड़ गई तो माँ को झुकना ही पड़ा। जाने क्यों माँ के मुँह से जब-तब 'छिन्नाल' शब्द सुनकर मेरे मन की ममता मासी के प्रति और भी बढ़ गई थी। कभी-कभी घंटों उनकी उस तस्वीर को (जिसे मैंने अपने पास सँभालकर रख लिया था) देखकर मैं यही सोचा करती थी कि सामने बैठी यह सीधी-सादी, भोली-भाली युवती आखिर छिन्नाल कैसे बनी?

अतीत के इन्हीं बनते-बिगड़ते चित्रों में खोए-खोए कितनी रात मैंने बिता दी, मैं स्वयं नहीं जानती। उसके बाद एकाएक ही जाने कैसा आकर्षण मासी के प्रति जागा कि उठी और दबे पाँव उनके कमरे में चली गई। सोचा, यदि जग रही होंगी तो उनसे बात करूँगी, कुछ इस तरह कि वह मुझे पहचान जाएँ। मैं उन्हें यह बता देने को व्याकुल हो

उठी कि मैं उन्हें बहुत प्यार करती हूँ। सारी दुनिया चाहे उन्हें घृणा करे, पर अन्जान रहकर भी मैं सदा से ही उन्हें बड़ा प्यार करती आई हूँ। मैंने ढूँढ़कर जैसे-तैसे स्विच ऑन किया पर जैसे-ही रोशनी में उनका चेहरा देखा, मुझे लगा जैसे बिजली मेरे शरीर में दौड़ गई हो! उनकी फटी आँखें और खुला मुँह देखकर मेरी चीख भी जैसे घुटकर अन्दर ही रह गई। उलटे पैरों दौड़कर कैसे मैंने बुढ़िया को जगाया, यह सब मैं स्वयं नहीं जानती। बुढ़िया के रोने के साथ मेरी संज्ञा लौटी तो मैं भी रो पड़ी। वह दुख का रोना था या भय का, सो मैं नहीं जानती। मृत्यु को इतने पास से देखने का मेरा पहला ही मौका था। कैसे दूसरा दिन हुआ और कुछ लोगों ने जुटकर मासी का क्रिया-कर्म किया, मुझे कुछ मालूम नहीं। हाँ, इतना याद है कि निकटतम सम्बन्धी होने के नाते मुझसे भी कुछ-कुछ करवाया गया था और मैं यन्त्रवत किए चली जा रही थी। मासी का शव जब चला गया तो मैं आतंकित-सी दूसरे कमरे में बैठी रही। कैसी विचित्र मौत थी! अजीब-सा सन्नाटा घर में छाया हुआ था और उससे भी अधिक शून्य थे मेरे दिल-दिमाग। बाहर के बरामदे में बैठी बुढ़िया धीरे-धीरे रो रही थी। जाने कैसी विरक्ति मेरे मन में छा गई कि कुछ भी जानने-पूछने की इच्छा नहीं रही। जो अब इस संसार में है ही नहीं, जो अपनी लज्जा और दूसरों की घृणा अपने में ही समेटकर सदा के लिए चली गई, उसके कर्मों का लेखा-जोखा करना किसी तरह भी उचित नहीं लगा।

सन्ध्या को जब मैंने चलने की अनुमति माँगी तो बुढ़िया ने पूछा कि घर के सामान का क्या होगा? मैं भला क्या बताती? मेरे सामने चाभियों का गुच्छा फेंकते हुए उसने कहा 'वह बस तुम्हीं को याद करती थीं, इसलिए उनके सामान की अधिकारिणी तुम्हीं हो।' मन का सोया कौतूहल फिर जाग उठा और जाने क्या सोचकर मैंने गुच्छा उठा लिया और उनके तीनों बक्से टटोल मारे। एक बक्से में किताबों, कॉपियों और कागजों के बीच दबी एक फाइल निकली। जाने क्यों, उसे देखते ही मुझे लगा कि इसे खोलते ही नीले-पीले गुलाबी सेंट में महकते वे

पत्र निकल पड़ेंगे, जो उनके किसी प्रेमी ने उन्हें लिखे होंगे और जिनके कारण उन्हें इतनी लांछना सहनी पड़ी! पर जब उसे खोला, तो उसमें किसी पत्रिका में से फाड़े हुए तीन पन्ने थे, एक संगीत का डिप्लोमा था और कुछ पन्ने किसी डायरी से फाड़े हुए लगते थे। उन पन्नों में कहीं दवाइयों के नुस्खे लिखे ये, कहीं धोबी के कपड़े, कहीं घर का हिसाब तो कहीं मासी के अलग-अलग तारीखों के नोट थे। पत्रिका के फटे हुए पन्नों के अन्तिम पृष्ठ पर चारों ओर एक मार्जिन में छोटे-छोटे अक्षरों में लिखे नोट थे। मैंने ध्यान से पढ़ा, एक जगह लिखा था :

''यहाँ तक यह मेरी ही कहानी है। मैं जानती थी कि तुम कहानीकार हो तो अवश्य ही किसी दिन मुझे अपनी कलम से हलाल करोगे, पर इसके बाद का सारा किस्सा ग़लत है, इसलिए मैं उसे फाड़े दे रही हूँ। तुम मनोवैज्ञानिक विश्लेषण देकर, मेरे कुकृत्य पर परदा डालकर सारी दुनिया को धोखा दे रहे हो, पर मैं अच्छी तरह जानती हूँ कि तुम झूठ बोल रहे हो। अपनी कलम के करिश्मे दिखाकर वाह-वाही लूटने की लालसा ने ही तुमसे यह सब लिखवाया है। तुम सोचते हो, तुम्हारी इस दया से मैं कृत-कृत्य हो जाऊँगी। नहीं, मुझे किसी की दया नहीं चाहिए...''

ओह, तो यह मासी के जीवन की कहानी है। हरीश नाम के किसी लेखक की थी वह कहानी। मैं उसे एक सपाटे में पढ़ गई।

हरीश

अविवाहित होना इतना बड़ा अभिशाप है, यह मकान खोजने के सिलसिले में ही महसूस हुआ। आखिर तीन कमरों के एक फ्लैट में एक कमरा मिला। यह पूरा फ्लैट एक दम्पति के पास था। अब आर्थिक संकट में फँसकर उन्होंने एक कमरा किराए पर उठाया था। तीन-चार दिन में ही मैं वहाँ जम गया। भाभी (मकान- मालकिन को मैं भाभी ही कहता था) बड़े अच्छे स्वभाव की महिला थीं। वह मेरा काफी ख़याल रखती थीं। बच्चा उनके कोई था नहीं और पति बीमार थे इसलिए एक

कमरे में पड़े रहते थे। क्या रोग था सो तो मैं बहुत दिनों तक नहीं जान पाया।

भाभी का सारा समय अपने बीमार पति की सेवा करने में बीतता था। बड़ी लगन, बड़ी तत्परता से वह उनकी देख-भाल करती थीं। मुझे कभी खाली बैठा देखतीं तो इजाजत लेकर मेरे पास आ बैठतीं। वह जो बातें करतीं उनमें अधिक उनके पति से ही सम्बन्धित होतीं। क्या इलाज चल रहा है, कैसे सब डॉक्टर फेल होते जा रहे हैं, आदि-आदि। उस समय उनके चेहरे पर दुख की घनी छाया उतर आती थी और आँखें अनायास ही भर-भर आती थीं। फिर एकाएक ही वह अपने को सँभालकर कहतीं—दो मिनिट को आई तो अपना दुखड़ा ही ले बैठी, कैसी पागल हूँ!—और बिना बात ही धीमी-सी हँसी उनके होंठों पर फैल जाती।

एक दिन इसी तरह बातें करते-करते मैंने देखा कि वह बार-बार मेरे कुरते के बटनों की ओर देख रही हैं। मैंने अपने सीने की ओर देखा, बटन खुले हुए थे और मेरे सीने के घने काले बाल दिखाई पड़ रहे थे। एक महिला के सामने यों सीना उघारकर बैठने की लज्जा को ढँकते हुए मैंने कहा "ये धोबी बटनों का तो कचूमर निकाल देते हैं।"

"मुझे दे दिया होता, मैं लगा देती! मुझे इतना पराया क्यों समझते हैं आप? देखिए, मैं तो बिना किसी संकोच के आपसे बाहर के अनेक काम करवा लिया करती हूँ। सच, आपके आ जाने से बड़ी राहत मिली। मन ऊबता है तो घड़ी-दो-घड़ी बैठकर हँस-बोल लेती हूँ, मन बहल जाता है।"

उसके बाद से मैंने देखा कि जब कभी मेरी अनुपस्थिति में भाभी धोबी से कपड़े लेतीं, बटन हमेशा नदारद। एक बार तो मुझे ऐसा भ्रम हुआ मानों किसी ने बड़ी सफ़ाई से बटन काट दिए हैं पर फिर अपनी इस कल्पना पर आप ही हँसी आई, बटन कौन काटेगा भला? लापरवाह आदमी, मैं बटन लगवाना भूल जाता और बाहर जाते समय जाकेट चढ़ा लेता। पर भाभी आतीं तो बहुत ढँकने पर भी मेरे सीने के बाल

इधर-उधर से झाँका करते और वह उन्हें घूर-घूरकर मुझे संकुचित करती रहतीं।

उस दिन तो मेरी लज्जा का कोई ठिकाना ही नहीं रहा जिस दिन उन्होंने अपने नौकर को इसी बात के लिए बुरी तरह डाँटा कि वह क्यों धोती को मोड़कर घुटने तक चढ़ा लेता है और कमीज के सारे बटन खोलकर, बाँहें उलटकर नंगा सीना और नंगी बाँहें दिखाता फिरता है? मैंने उस दिन ही भाभी को क्रोध करते देखा था। वह गुस्से से लाल होकर काँप रही थीं और चिल्लाए जा रही थीं—'औरतों वाले घर में काम किया है कभी या नहीं? बदतमीज कहीं के! रहना है तो तमीज से रहो!'

मुझे उनका यह अत्यधिक क्रोध समझ में नहीं आ रहा था। साथ ही यह भी लग रहा था कि वह नौकर की आड़ में मुझको ही तो नहीं डाँट रही हैं। उसी दिन मैंने दर्जी के पास सारे कुर्ते ले जाकर सीप की जगह कपड़े के बटन लगवा लिए।

यों भाभी मेरा बहुत ख़याल रखती थीं पर उन्हें मेरे मित्रों का बहुत आना-जाना पसन्द नहीं था। एक-दो बार तो मैंने यह भी देखा कि मुझे बिना सूचना दिए ही उन्होंने मेरी एक परिचिता को यह कहकर लौटा दिया कि मैं घर पर नहीं हूँ। मुझे बुरा लगा। फिर सोचा, शायद यहाँ लोगों के आने से इनके पति को परेशानी होती होगी। दूसरे दिन जब मेरी एक मित्र आईं तो मैंने अपने कमरे का दरवाजा बन्द कर लिया, ताकि बाहर किसी प्रकार की आवाज न जाए। करीब घंटे-भर बाद वापस जाने के लिए जैसे ही मैंने दरवाजा खोला, देखा भाभी दरवाजे पर ही खड़ी थीं। मेरी मित्र की ओर देखती हुई वह ज़ोर-ज़ोर से रोकर चिल्लाने लगीं, "तुम लोगों को इतनी भी लज्जा नहीं कि बगल में एक बीमार आदमी है तो ज़रा हँसी-ठिठोली कम करें? दरवाजा बन्द करने से ही क्या हो जाता है..."

उस लड़की से क्षमा-याचना करता हुआ मैं उसे नीचे ले गया। लौटा तो सोचा, भाभी से साफ़-साफ बात कर लूँगा। भाभी का इस प्रकार

दरवाजे पर खड़े होना भी मुझे अच्छा नहीं लगा। लेकिन जैसे ही मैं लौटा, भाभी ने मुझे देखते ही ज़ोर से अपने कमरे का दरवाजा बन्द कर लिया। यह भी एक नई बात थी। यहाँ आने के बाद मैंने कभी उन्हें दरवाजा बन्द करके रहते नहीं देखा था, यहाँ तक कि रात को भी वह दरवाजा खुला ही रखती थीं।

शाम को मैं बाहर चला गया। मन का आक्रोश धुला नहीं था।

रात नौ बजे लौटा तो देखा, भाभी का कमरा वैसे ही बन्द था। मैं उन्हीं के बारे में सोचता-सोचता जाने कब सो गया।

इसके बाद दो दिन तक हमारी कोई बात नहीं हुई। उनके कमरे का दरवाजा भी बन्द ही रहता। जब कभी बाहर निकलतीं तो देखता कि दो दिन में ही चेहरा बड़ा उतर गया है। आँखों से लगता था जैसे बराबर रोती ही रही हैं। तीसरे दिन रात नौ बजे के करीब मैं अपने कमरे में बैठा एक कहानी लिख रहा था कि दरवाजा धकेलकर भाभी भीतर आ घुसीं। उनके लम्बे-लम्बे बाल बिखरे हुए थे और आँखें सुर्ख थीं। उनकी यह करुण और दयनीय स्थिति देखकर मन जाने कैसा हो गया। मैं कुछ कहूँ उसके पहले ही वह हाथों में मुँह छिपा फूट-फूटकर रो पड़ीं, ''अब मैं क्या करूँ? आज डॉक्टरों ने साफ-साफ कह दिया है कि इन्हें पहाड़ पर नहीं ले जाया गया तो बचना मुश्किल है।''

''आज तो मैंने उन्हें टहलते हुए देखा था और मुझे लगता था कि उनकी तबीयत सुधर रही है। किस डॉक्टर ने कहा? सब ग़लत है, आप हिम्मत से काम लीजिए।''

''नहीं-नहीं, यह सब झूठी तसल्लियाँ हैं! आज तो एकाएक ही जैसे मेरा हौसला टूट गया, हिम्मत पस्त हो गई। जिस दिन ब्याह कर आई, उसी दिन से इनकी सेवा कर रही हूँ पर इन्हें अच्छा नहीं कर पाई और अब तो कोई उम्मीद भी नहीं है।'' और वह फिर फूट-फूटकर रोने लगीं। रात ग्यारह बजे तक उन्हें तरह-तरह से आश्वासन देता रहा, स्नेहपूर्ण बातों से उनका मन भरमाता रहा। एक बार तो आवेग में आकर उन्होंने अपना सिर मेरे सीने पर टिका दिया, मैंने

धीरे-से हटाकर उन्हें हौसला बँधाया। थोड़ी देर बाद उठकर जब वह गईं तो ऐसी निराशा उनके चेहरे पर छाई थी मानो जुआरी अपना सबकुछ हार गया हो। उस दिन सच ही वे बड़ी उद्विग्न थीं, बेहद परेशान। मुझे कुछ भी समझ में नहीं आ रहा था कि मैं क्या करूँ? लेटा तो नींद नहीं आई। बार-बार भाभी का बेबस, मायूस चेहरा आँखों के आगे उभर आता।

आखिर जब कमरे में दम घुटने लगा तो मैं चुपचाप ऊपर छत पर चला गया, पर दरवाजे पर पहुँचकर ही ठिठक गया। देखा, छत की मुँडेर पर देनों कुहनियाँ टिकाए, भाभी शून्य भाव से सामने देख रही थीं। मन बुरी तरह अकुला उठा। एक बार उचित-अनुचित का ज्ञान भूलकर बड़ी ज़ोर से इच्छा हुई कि इस रोती, बेबस नारी को जाकर अपनी बाँहों में भर लूँ; अपने लिए नहीं, उसके सन्तोष के लिए, उसकी सान्त्वना के लिए लेकिन फिर ख़याल आया, इस आग को भड़काने से लाभ? मैं चुपचाप नीचे उतर आया। और उन्हीं की बात सोचते-सोचते जाने कब सो गया।

रात शायद आधी से ज़्यादा बीत चुकी थी कि अचानक किसी के स्पर्श से चौंक उठा। आँखें खोलीं तो देखा, भाभी मुझ पर झुकी हुई थीं। पहली बात जो दिमाग़ में आई वह यही कि इनके पति चल बसे। फिर एकाएक अज्ञात भय से काँप उठा। पर भाभी की आँखों में जाने क्या था कि...

कहानी यहीं से फाड़ दी गई थी और चारों तरफ़ नोट लिखे थे।

दर्शना
7-3-47

इनकी हालत दिन-पर-दिन गिरती जा रही है। इनके चिपके हुए गाल, निस्तेज आँखें, कुम्हलाया पीला चेहरा और धँसा सीना देखती हूँ तो लगता है खूब रोऊँ। इन्हें कैसे अच्छा करूँ कि ये हृष्ट-पुष्ट और स्वस्थ हो जाएँ...?

20-8-47

मेरी सारी कोशिशें बेकार जा रही हैं। जब कभी सोचती हूँ कि अब क्या होगा तो आँखों के आगे ऐसा अभेद्य अन्धकार छा जाता है, जिसके परे कुछ दिखाई नहीं देता। मन बड़ा टूटा-सा रहता है। सब ओर निराशा, उदासी! न दिन को चैन, न रात को नींद! विचित्र- विचित्र सपने आते हैं। कल के सपने का ही क्या अर्थ हुआ भला? देखा, छोटी-छोटी पहाड़ियों की चोटियों से जल के झरनें-झर रहे हैं पर फिर भी आस-पास कहीं हरियाली नहीं, रेगिस्तान-ही-रेगिस्तान है। कोई उस जल को पीनेवाला नहीं, कोई फल-फूल उस जल से खिलनेवाला नहीं। विचित्र संयोग था, जल के किनारे निर्जन रेगिस्तान! जल की इससे बढ़कर और क्या निरर्थकता हो सकती है? पर यह भी कोई सपना हुआ भला?...

13-5-48

आज मेडिकल कॉलेज गई थी। मैंने वहाँ हड्डियों का ढाँचा देखा। देखकर ही जाने कैसा विचित्र भय मेरे मन में समा गया। एक दहशत-सी छा गई। मुझे लगा, उस कंकाल ने अपने दोनों हाथ फैलाना शुरू किया और मुझे दबोच लिया! उसकी पकड़ कसती जा रही थी और मुझे लग रहा था जैसे कोई मेरे शरीर का रक्त सोखे जा रहा है। उसके बाद शायद मुझे गश आ गया था क्योंकि मुझे कुछ मालूम नहीं कि उसके बाद क्या हुआ?...डॉक्टर कहते हैं कि मैं इतना परिश्रम न करूँ; नहीं तो मेरी भी हालत ख़राब हो जाएगी। सच ही तो है, मैं बीमार हो गई तो इन्हें कौन देखेगा? पर इस भय से कैसे मुक्ति पाऊँ! घर के जिस कोने में भी जाती हूँ, वह कंकाल मुझे दबोचने को चला आता है, जैसे मुझे वह मारकर ही छोड़ेगा!...

6-4-50

इस नौकर को बदलना ही होगा। कितनी बार इससे कहा कि ठीक से

कपड़े पहनकर रहा करो, यह सुनता ही नहीं! सोचती हूँ नौकरानी रख लूँ, पर बाहर के काम की वजह से इसे ही रखना पड़ता है। यों हरीशजी के आने से कुछ सुविधा ज़रूर हो गई है पर उनका क्या, लेखक आदमी हैं। फिर छाती के बटन तो उनके भी टूटे ही रहते हैं। जाने क्यों यह निर्लज्जता मुझसे बर्दाश्त नहीं होती। किसी की उघड़ी छाती देखकर सारे बदन में जैसे काँटे चुभने लगते हैं।

11-10-50

सामनेवाली मेम का यह काला-झबरा कुत्ता कितना प्यारा है! इसके काले, बड़े-बड़े बाल कैसे सुहावने हैं! जी चाहता है, अपना मुँह उसके काले बालों में छिपा लूँ। शाम को जब वह घूमकर आता है तो कितने प्यार से मेम का हाथ चाटता है, दोनों टाँगें उसके कन्धें पर रखकर अपना सिर उसकी छाती से लगा लेता है। मेम उसके मुलायम केशों में उँगलियाँ डालकर सहलाया करती है। ये कुत्ते भी कितने स्नेही और ममतामय होते हैं! कहते हैं, यह मेम इस कुत्ते को अपने बच्चों से भी ज़्यादा प्यार करती है। मन करता है मैं भी एक कुत्ता पाल लूँ, काले-झबरे बालोंवाला। उसके बालों में उँगलियाँ डालकर सहलाऊँ, उसे प्यार करूँ। पर कौन देख-रेख करेगा उसकी? अभी तो इनके कामों से ही फुर्सत नहीं मिलती।

कितना मन करता है कि नैना को अपने पास बुलाऊँ। पर कैसे लिखूँ? दीदी भेजेंगी नहीं, भेजें भी कैसे? इनको टी.बी. है, और उनकी वह अकेली लड़की है। सब कुछ जानती हूँ, उसे बुलाना ठीक नहीं है, फिर भी बड़ी इच्छा होती है कि वह मेरे पास हो, मैं उसे प्यार करूँ, उसके साथ खेलूँ, उसे अपने पास सुलाऊँ। कितनी प्यारी बच्ची है!

8-5-51

आज ऊपर गई तो विचित्र ही दृश्य देखा। सामनेवाली मेम के कुत्ते को जाने क्या रोग हो गया है कि उसके सारे बाल झड़ गए और चमड़ी

खाज से भर गई है। सुनते हैं, मेम ने बहुत इलाज करवाया, पर अब डॉक्टरों ने जवाब दे दिया है। मेम एक जमाने में उसे कितना प्यार किया करती थी पर अब उसे अन्दर भी नहीं आने देती। आज मैंने सुना, रोते-रोते उसने अपने नौकर को हुक्म दिया कि उसे बाहर ले जाकर शूट कर दो। कुत्ता निरीह भाव से खड़ा था, मानों वह भी समझता हो कि इस निरर्थक जीवन को ढोने से कोई लाभ नहीं। वह आगे भी नहीं बढ़ा, इस गन्दी बीमारी को लेकर मेम तक जाने का उसे अधिकार नहीं है, यह बात भी जैसे वह समझता है। ओह! कुत्ते भी कितने समझदार होतें हैं!

पर जो बात कुत्ता समझ रहा है, वह जाने क्यों मेरे गले नहीं उतर पा रही है। जिस कुत्ते को मेम इतना प्यार करती थी, उसे अब शूट करवा दिया जाएगा। क्या यह ठीक है? कभी लगता है ठीक है, कभी लगता है ग़लत है।

13-5-58

चार दिन से कुत्ते की इस घटना ने मुझे पागल बना रखा है। लगता है, मैं सच ही पागल न हो जाऊँ।

हरीशजी के पास यह लड़की आती है तो जाने क्यों मुझे ज़रा नहीं सुहाती। खैर, मुझे क्या, कोई भी आए-जाए। मैं तो भगवान से यही प्रार्थना करती हूँ कि मुझे सद्‌बुद्धि दे, बल दे! पर अब तो इतनी थक गई हूँ कि प्रार्थना करने की शक्ति भी जाती रही!

14-5-58

आज इन्होंने मुझे मारा। शादी के बाद आज पहली बार मैंने जाना कि इनके शरीर में अब भी इतना ज़ोर है! इनकी बीमार लातों ने भी मेरी कमर तोड़ दी तो जब ये टाँगें पुष्ट रही होंगी, कितना ज़ोर रहा होगा इनमें! हजारों बार ही मैंने गलतियाँ कीं, कितना अच्छा होता उस समय भी ये मुझे मारते, कम-से-कम फिर इतनी बड़ी ग़लती तो नहीं

करती। मुझे मार खाने का ज़रा भी ग़म नहीं। काश, इन्होंने पहले मारा होता!

हरीशजी के लिए बहुत दुःख है, मेरे पीछे उन्हें भी व्यर्थ ही अपमानित होना पड़ा।

15-5-58

आज इन्होंने घर से निकल जाने को भी कह दिया। आज सब जगह इन्होंने पत्र भी लिखे हैं—माँ, भैया और दीदी को। जाने क्या-क्या लिखा होगा। जो मौखिक सहानुभूति आज तक मिलती आई थी, वह भी बन्द हो जाएगी। शायद सब मुझसे नफरत ही करने लगें। फिर भी जाने क्यों, मुझे न अपने किए का दुख है, न इस दंड का! इस सबके बाद मैं स्वयं ही घर छोड़कर निकल जाती। दो दिन आगे या पीछे विधाता जिस दंड का विधान करनेवाला था, वह आज ही हो गया! पर इनका क्या होगा? कोई सम्बन्धी यहाँ झाँकना भी पसन्द नहीं करता! पर जो मनुष्य बिना क्षमता के केवल चाहना-ही-चाहना करता है, उसका अन्त इसके अतिरिक्त और हो ही क्या सकता है?

20-7-51

आज उनकी मृत्यु का समाचार सुना। समझ नहीं पा रही हूँ, क्या करूँ? मेरी तो सारी भावनाएँ ही जैसे मर गई हैं। मैं ही जाने क्यों जिन्दा हूँ?

13-8-51

भाग्य से मुझे संगीत के पंडितजी अच्छे मिल गए। एक जमाने में मुझे गाने-बजाने का कितना शौक था पर सब छूट गया था। उस समय जो मात्र शौक था, उसे अब जीविका का साधन बनाना पड़ेगा।...यहाँ एक स्कूल में नौकरी मिल गई है। लगता है, जीवन को एक राह मिल गई। सब ओर से बेसहारा होकर भी अब जी लूँगी।

23-11-51

आज नैना का जन्म-दिन है। डरते-डरते मैंने उपहार भेजा था। कौन जाने रखें, न रखें। पर उन्होंने रख लिया। तो क्या समझूँ कि दीदी आज भी मुझे प्यार करती हैं? यह भावना ही कितनी सुखदाई है कि कोई हमें भी प्यार करता है!

2-6-52

हरीश ने मुझ पर कहानी लिखी। पर लिखकर इतना मनोवैज्ञानिक बनाने की क्या आवश्यकता थी? यों भी कह देता तो मैं उसे दोष नहीं देती। मूर्ख कहीं का!

अकेली

सोमा बुआ बुढ़िया हैं।

सोमा बुआ परित्यक्ता हैं।

सोमा बुआ अकेली हैं।

सोमा बुआ का जवान बेटा क्या जाता रहा, उनकी अपनी जवानी चली गई। पति को पुत्र-वियोग का ऐसा सदमा लगा कि वे पत्नी, घर-बार तजकर तीरथ-वासी हुए और परिवार में कोई ऐसा सदस्य था नहीं जो उनके एकाकीपन को दूर करता। पिछले बीस वर्षों से उनके जीवन की इस एकरसता में किसी प्रकार का कोई व्यवधान उपस्थित नहीं हुआ, कोई परिवर्तन नहीं आया। यों हर साल एक महीने के लिए उनके पति उनके पास आकर रहते थे पर कभी उन्होंने पति की प्रतीक्षा नहीं की, उनकी राह में आँखें नहीं बिछाईं। जब तक पति रहते उनका मन और भी मुरझाया हुआ रहता क्योंकि पति के स्नेह-हीन व्यवहार का अंकुश उनके रोजमर्रा के जीवन की अबाध गति से बहती स्वच्छन्द धारा को कुंठित कर देता। उस समय उनका घूमना-फिरना, मिलना-जुलना बन्द हो जाता और संन्यासीजी महाराज से तो यह भी नहीं होता कि दो मीठे बोल-बोलकर सोमा बुआ को एक ऐसा सम्बल ही पकड़ा दें, जिसका आसरा लेकर वह उनके वियोग के ग्यारह महीने काट दें। इस स्थिति में बुआ को अपनी ज़िन्दगी पास-पड़ोसवालों के भरोसे ही काटनी पड़ती थी। किसी के घर मुंडन हो, छठी हो, जनेऊ

हो, शादी हो या ग़मी; बुआ पहुँच जातीं और फिर छाती फाड़कर काम करतीं, मानों वे दूसरे के घर में नहीं अपने ही घर में काम कर रही हों।

आजकल सोमा बुआ के पति आए हुए हैं और अभी-अभी कुछ कहा-सुनी होकर चुकी है। बुआ आँगन में बैठी धूप खा रही हैं, पास रखी कटोरी से तेल लेकर हाथों में मल रही हैं, और बड़बड़ा रही हैं। इस एक महीने में अन्य अवयवों के शिथिल हो जाने के कारण उनकी जीभ ही सबसे अधिक सजीव और सक्रिय हो उठती है। तभी हाथ में एक फटी साड़ी और पापड़ लेकर ऊपर से राधा भाभी उतरीं।

"क्या हो गया बुआ, क्यों बड़बड़ा रही हो? फिर संन्यासीजी महाराज ने कुछ कह दिया क्या?"

"अरे मैं कहीं चली जाऊँ सो ही इन्हें नहीं सुहाता। कल चौकवाले किशोरीलाल के बेटे का मुंडन था, सारी बिरादरी का न्यौता था। मैं तो जानती थी कि ये पैसे का ही गरूर है जो मुंडन पर भी सारी बिरादरी को न्यौता है, पर काम उन नई नवेली बहुओं से सँभलेगा नहीं सो जल्दी ही चली गई। हुआ भी वही" और सरककर बुआ ने राधा के हाथ से पापड़ लेकर सुखाने शुरू कर दिए। "एक काम गत से नहीं हो रहा था। अब घर में कोई बड़ा-बूढ़ा हो तो बतावे, या कभी किया हो तो जानें। गीतवाली औरतें मुंडन पर बन्ना-बन्नी गा रही थीं, मेरा तो हँसते-हँसते पेट फूल गया।" और उसकी याद से ही कुछ देर पहले का दुख और आक्रोश धुल गया। अपने सहज स्वाभाविक रूप में वे कहने लगीं—भट्टी पर देखो तो अजब तमाशा—समोसे कच्चे ही उतार दिए और इतने बना दिए कि दो बार खिला दो और गुलाब जामुन इतने कम कि एक पंगत में भी पूरे न पड़ें। उसी समय खोया मंगाकर नए गुलाब-जामुन बनाए। दोनों बहुएँ और किशोरीलाल तो बिचारे इतना जस मान रहे थे कि क्या बताऊँ? कहने लगे—"अम्मा! तुम न होतीं तो आज भद्द उड़ जाती। अम्मा! तुमने लाज रख ली!" मैंने तो कह दिया कि अरे अपने ही काम नहीं आवेंगे तो कोई बाहर से तो आवेगा

नहीं। ये तो आजकल इनका रोटी-पानी का काम रहता है नहीं तो मैं तो सवेरे से ही चली जाती!''

''तो संन्यासी महाराज क्यों बिगड़ पड़े? उन्हें तुम्हारा आना-जाना अच्छा नहीं लगता बुआ!''

''यों तो मैं कहीं आऊँ-जाऊँ सो ही इन्हें नहीं सुहाता, और फिर कल किशोरी के यहाँ से बुलावा नहीं आया। अरे, मैं तो कहूँ कि घरवालों का कैसा बुलावा? वे लोग तो मुझे अपनी माँ से कम नहीं समझते, नहीं तो कौन भला यों भट्टी और भंडार-घर सौंप दे? पर उन्हें अब कौन समझावे। कहने लगे, तू जबर्दस्ती दूसरों के घर में टाँग अड़ाती फिरती है।'' और एकाएक उन्हें उस क्रोध-भरी वाणी और कटुवचनों का स्मरण हो आया जिनकी बौछार कुछ देर पहले ही उन पर होकर चुकी थी। याद आते ही फिर उनके आँसू बह चले।

''अरे रोती क्या हो बुआ! कहना-सुनना तो चलता ही रहता है। संन्यासीजी महाराज एक महीने को तो आकर रहते हैं, सुन लिया करो, और क्या?''

''सुनने को तो सुनती ही हूँ पर मन तो दुखता ही है कि एक महीने को आते हैं तो भी कभी मीठे बोल नहीं बोलते। मेरा आना-जाना इन्हें सुहाता नहीं सो तू ही बता राधा, ये तो साल में ग्यारह महीने हरिद्वार रहते हैं। इन्हें तो नाते-रिश्तेवालों से कुछ लेना-देना नहीं पर मुझे तो सबसे निभाना पड़ता है। मैं भी सबसे तोड़ताड़ कर बैठ जाऊँ तो कैसे चले। मैं तो इनसे कहती हूँ कि जब पल्ला पकड़ा है तो अन्त समय में भी साथ ही रखो, सो तो इनसे होता नहीं। सारा धरम-करम ये ही लूटेंगे, सारा जस ये ही बटोरेंगे और मैं अकेली पड़ी-पड़ी यहाँ इनके नाम को रोया करूँ। उस पर से कहीं आऊँ-जाऊँ वह भी इनसे बर्दाश्त नहीं होता...'' और बुआ फूट-फूटकर रो पड़ीं। राधा ने आश्वासन देते हुए कहा—''रोओ नहीं बुआ, अरे वे तो इसलिए नाराज़ हुए कि बिना बुलाए तुम चली गईं।''

''बेचारे इतने हंगामे में बुलाना भूल गए तो मैं भी मान करके बैठ

जाती? फिर घरवालों का कैसा बुलाना? मैं तो अपनेपन की बात जानती हूँ। कोई प्रेम नहीं रखे तो दस बुलावे पर नहीं जाऊँ और प्रेम रखे तो बिना बुलाए भी सिर के बल जाऊँ। मेरा अपना हरखू होता और उसके घर काम होता तो क्या मैं बुलावे के भरोसे बैठी रहती? मेरे लिए जैसा हरखू वैसा किशोरीलाल! आज हरखू नहीं है इसी से दूसरों को देख-देखकर मन भरमाती रहती हूँ!" और वे हिचकियाँ लेने लगीं।

पापड़ों को फैलाकर स्वर को भरसक कोमल बनाकर राधा ने कहा—"तुम भी बुआ बात को कहाँ-से-कहाँ ले गईं? अब चुप भी होओ! अच्छा देखो तुम्हारे लिए एक पापड़ भूनकर लाती हूँ खाकर बताना कैसा है?" और वह पापड़ लेकर ऊपर चढ़ गई।

कोई सप्ताह-भर बाद बुआ बड़े प्रसन्न मन से आई और संन्यासीजी से बोली—"सुनते हो, देवरजी के ससुरालवालों की किसी लड़की का सम्बन्ध भागीरथजी के यहाँ हुआ है। वे सब लोग यहीं आकर ब्याह कर रहे हैं। देवरजी के बाद तो उन लोगों से कोई सम्बन्ध ही नहीं रहा, फिर भी हैं तो समधी ही। वे तो तुमको भी बुलाए बिना नहीं मानेंगे। समधी को आखिर कैसे छोड़ सकते हैं?" और बुआ पुलकित होकर हँस पड़ी। संन्यासीजी की मौन उपेक्षा से उनके मन को ठेस तो पहुँची फिर भी वे प्रसन्न थीं। इधर-उधर जाकर वे इस विवाह की प्रगति की खबरें लातीं! आखिर एक दिन वे यह भी सुन आईं कि उनके समधी यहाँ आ गए। ज़ोर-शोर से तैयारियाँ हो रही हैं। सारी बिरादरी को दावत दी जाएगी—खूब रौनक होनेवाली है। दोनों ही पैसेवाले ठहरे।

"क्या जाने हमारे घर तो बुलावा आएगा या नहीं? देवरजी को मरे पच्चीस बरस हो गए, उसके बाद से तो कोई सम्बन्ध ही नहीं रखा। रखे भी कौन? यह काम तो मरदों का होता है, मैं तो मरदवाली होकर भी बेमरद की हूँ।" और एक ठंडी साँस उनके दिल से निकल गई।

“अरे वाह बुआ! तुम्हारा नाम कैसे नहीं हो सकता। तुम तो समधिन ठहरीं। देवर चाहे न रहे पर कोई रिश्ता थोड़े ही टूट जाता है!” दाल पीसती हुई घर की बड़ी बहू बोली।

“है बुआ, नाम है। मैं तो सारी लिस्ट देखकर आई हूँ।” विधवा ननद बोली। बैठे-ही-बैठे दो क़दम आगे सरककर बुआ ने बड़े उत्साह से पूछा—“तू अपनी आँखों से देखकर आई है नाम? नाम तो होना ही चाहिए। पर मैंने सोचा कि क्या जाने आजकल के फैशन में पुराने सम्बन्धियों को बुलाना हो, न हो।” और बुआ बिना दो पल भी रुके वहाँ से चल पड़ीं। अपने घर जाकर सीधे राधा भाभी के कमरे में चढ़ी—“क्यों री राधा, तू तो जानती है कि नई फैशन में लड़की की शादी में क्या दिया जावे है? समधियों का मामला ठहरा, सो भी पैसेवाले। खाली हाथ जाऊँगी तो अच्छा नहीं लगेगा। मैं तो पुराने जमाने की ठहरी, तू ही बता दे क्या दूँ? अब कुछ बनाने का समय तो रहा नहीं, दो दिन बाकी हैं सो कुछ बना-बनाया ही खरीद लाना।”

“क्या देना चाहती हो अम्मा? जेवर, कपड़ा, शृंगारदान या कोई और चाँदी की चीज़?”

“मैं तो कुछ भी नहीं समझूँ री। जो कुछ पास है तुझे लाकर दे देती हूँ, जो तू ठीक समझे ले आना। बस, भद्द नहीं उड़नी चाहिए! अच्छा देखूँ पहले कि रुपए कितने हैं?” और वे डगमगाते कदमों से नीचे आईं। दो-तीन कपड़ों की गठरियाँ हटाकर एक छोटा-सा बक्स निकाला। उसका ताला खोला। इधर-उधर करके एक छोटी-सी डिबिया निकाली। बड़े जतन से उसे खोला—उसमें सात रुपए की कुछ रेजगारी पड़ी थी और एक अँगूठी। बुआ का अनुमान था कि रुपए कुछ ज़्यादा होंगे, पर जब सात ही रुपए निकले तो सोच में पड़ गईं। रईस समधियों के घर में इतने से रुपयों से बिन्दी भी नहीं लगेगी। उनकी नज़र अँगूठी पर गई। यह उनके मृत-पुत्र की एकमात्र निशानी उनके पास रह गई थी। बड़े-बड़े आर्थिक संकटों के समय भी वे उस अँगूठी का मोह नहीं छोड़ सकी थीं। आज भी एक बार उसे उठाते समय उनका दिल धड़क

गया, फिर भी उन्होंने पाँच रुपए और एक अँगूठी आँचल में बाँध ली। बक्स को बन्द किया और फिर ऊपर को चलीं, पर इस बार उनके मन का उत्साह कुछ ठंडा पड़ गया था और पैरों की गति शिथिल! राधा के पास जाकर बोली—"रुपए तो नहीं निकले बहू। आएँ भी कहाँ से, मेरे कौन कमानेवाला बैठा है? उस कोठरी का किराया आता है, उसमें दो समय की रोटी निकल जाती है जैसे-तैसे!" और वे रो पड़ीं। राधा ने कहा—"क्या करूँ बुआ, आजकल मेरा भी हाथ तंग है, नहीं तो मैं ही दे देती। अरे, पर तुम देने के चक्कर में पड़ती ही क्यों हो? आजकल तो देने-लेने का रिवाज ही उठ गया है।"

"नहीं रे राधा! समधियों का मामला ठहरा! पच्चीस बरस हो गए तो भी वे नहीं भूले और मैं खाली हाथ जाऊँ? नहीं-नहीं, इससे तो न जाऊँ सो ही अच्छा!"

"तो जाओ ही मत। चलो छुट्टी हुई, इतने लोगों में किसे पता लगेगा कि आईं या नहीं।" राधा ने सारी समस्या का सीधा-सा हल बताते हुए कहा।

"बड़ा बुरा मानेंगे। सारे शहर के लोग जावेंगे और मैं समधिन होकर नहीं जाऊँगी तो यही समझेंगे कि देवरजी मरे तो सम्बन्ध भी तोड़ लिया। नहीं-नहीं, तू यह अँगूठी बेच ही दे।" और उन्होंने आंचल की गाँठ खोलकर एक पुराने जमाने की अँगूठी राधा के हाथ पर रख दी। फिर बड़ी मिन्नत के स्वर में बोली "तू तो बाजार जाती है राधा, इसे बेच देना और जो कुछ ठीक समझे खरीद लेना। बस, शोभा रह जावे इतना ख़याल रखना।"

गली में बुआ ने चूड़ीवाले की आवाज सुनी तो एकाएक ही उनकी नज़र अपने हाथ की भद्दी मटमैली चूड़ियों पर जाकर टिक गई। कल समधियों के यहाँ जाना है, जेवर नहीं है तो कम-से-कम काँच की चूड़ी तो अच्छी पहन ले। पर एक अव्यक्त लाज ने उनके कदमों को रोक दिया, कोई देख लेगा तो। लेकिन दूसरे ही क्षण अपनी इस कमज़ोरी पर विजय-पाती सी वे पीछे के दरवाजे पर पहुँच गई और एक रुपया

कलदार खर्च करके लाल-हरी चूड़ियों के बन्द पहन लिए। पर सारे दिन हाथों को साड़ी के आँचल से ढके-ढके फिरीं।

शाम को राधा भाभी ने बुआ को चाँदी की एक सिन्दूर-दानी, एक-साड़ी और एक ब्लाउज का कपड़ा लाकर दे दिया। सबकुछ देख पाकर बुआ बड़ी प्रसन्न हुईं और यह सोच-सोचकर कि जब वे ये सब दे देंगी तो उनकी समधिन पुरानी बातों की दुहाई दे-देकर उनकी मिलनसारिता की कितनी प्रशंसा करेगी, उनका मन पुलकित होने लगा। अँगूठी बेचने का ग़म भी जाता रहा। पासवाले बनिए के यहाँ से एक आने का पीला रंग लाकर रात में उन्होंने साड़ी रँगी। शादी में सफेद साड़ी पहनकर जाना क्या अच्छा लगेगा? रात में सोईं तो मन कल की ओर दौड़ रहा था।

दूसरे दिन नौ बजते-बजते खाने का काम समाप्त कर डाला। अपनी रँगी हुई साड़ी देखी तो कुछ जँची नहीं। फिर ऊपर राधा के पास पहुँची—''क्यों राधा, तू तो रँगी साड़ी पहिनती है तो बड़ी आब रहती है, चमक रहती है, इसमें तो चमक आई नहीं?''

''तुमने कलफ जो नहीं लगाया अम्मा, थोड़ा-सा माँड़ दे देतीं तो अच्छा रहता। अभी दे लो, ठीक हो जाएगी। बुलावा कबका है?''

अरे नए फैशनवालों की मत पूछो, ऐन मौकों पर बुलावा आता है। पाँच बजे का मुहरत है, दिन में कभी भी आ जावेगा।''

राधा भाभी मन-ही-मन मुस्कुरा उठी।

बुआ ने साड़ी में माँड़ लगाकर सुखा दिया। फिर एक नई थाली निकाली, अपनी जवानी के दिनों में बिना हुआ क्रोशिए का एक छोटा-सा मेजपोश निकाला। थाली में साड़ी, सिन्दूरदानी, एक नारियल और थोड़े-से बताशे सजाए, फिर जाकर राधा को दिखाया। संन्यासी महाराज सवेरे से इस आयोजन को देख रहे थे। उन्होंने कल से लेकर आज तक कोई पच्चीस बार चेतावनी दे दी थी कि यदि कोई बुलाने न आए तो चली मत जाना, नहीं तो ठीक नहीं होगा। हर बार बुआ ने बड़े ही विश्वास के साथ कहा—''मुझे क्या बावली ही समझ रखा

है जो बिना बुलाए चली जाऊँगी? अरे वह पड़ोसवालों की नन्दा अपनी आँखों से बुलावे की लिस्ट में नाम देखकर आई है। और बुलावेंगे क्यों नहीं? शहरवालों को बुलावेंगे और समधियों को नहीं बुलावेंगे क्या?"

तीन बजे के करीब बुआ को अनमने भाव से छत पर इधर-उधर घूमते देख राधा भाभी ने आवाज लगाई—"गईं नहीं बुआ?"

एकाएक चौंकते हुए बुआ ने पूछा—"कितने बज गए राधा?—क्या कहा, तीन? सरदी में तो दिन का पता ही नहीं लगता है। बजे तीन ही हैं और धूप सारी छत पर से ऐसे सिमट गई मानो शाम हो गई हो।" फिर एकाएक जैसे ख़याल आया कि वह तो भाभी के प्रश्न का उत्तर नहीं हुआ तो ज़रा ठंडे स्वर में बोली—"मुहरत तो पाँच बजे का है, जाऊँगी तो चार तक जाऊँगी, अभी तो तीन ही बजे हैं।" बड़ी सावधानी से उन्होंने स्वर में लापरवाही का पुट दिया! बुआ छत पर से गली में नज़र फैलाए खड़ी थीं, उनके पीछे ही रस्सी पर धोती फैली हुई थी, जिसमें कलफ लगा था और अभरक छिड़का हुआ था। अभरक के बिखरे हुए कण रह-रहकर धूप में चमक जाते थे, ठीक वैसे ही जैसे किसी को भी गली में घुसता देख बुआ का चेहरा चमक उठता था?

सात बजे के धुँधलके में राधा ने ऊपर से देखा तो छत की दीवार से सटी, गली की ओर मुँह किए एक छाया मूर्ति दिखाई दी। उसका मन-भर आया। बिना कुछ पूछे इतना ही कहा, "बुआ! सर्दी में खड़ी-खड़ी यहाँ क्या कर रही हो? आज खाना नहीं बनेगा क्या, सात तो बज गए?

जैसे एकाएक नींद में से जागते हुए बुआ ने पूछा—"क्या कहा, सात बज गए?" फिर जैसे अपने से ही बोलते हुए पूछा, "पर सात कैसे बज सकते हैं, मुहरत तो पाँच बजे का था।" और फिर एकाएक ही सारी स्थिति को समझते हुए, स्वर को भरसक संयत बनाकर बोलीं—"अरे खाने का क्या है अभी बना लूँगी। दो जनों का तो खाना

है, क्या खाना और क्या पकाना।''

फिर उन्होंने सूखी साड़ी को उतारा। नीचे जाकर अच्छी तरह उसकी तह की, धीरे-धीरे हाथों से चूड़ियाँ खोली, थाली में सजाया हुआ सारा सामान उठाया और सारी चीज़ें बड़े जतन से अपने एकमात्र सन्दूक में रख दीं।

और फिर बड़े ही बुझे हुए दिल से अँगीठी जलाने बैठीं।

अनथाही गहराइयाँ

स्टाफ-मीटिंग समाप्त करके चेहरे पर मृदु-मुस्कान फैलाकर प्रिंसिपल ने कहा, "यह तो कॉलेज की बातें हुईं, इसके अलावा भी मुझे आज आप लोगों से कुछ कहना है।"

एक साथ कई जिज्ञासु आँखें उनके चेहरे पर जा टिकीं। शायद सबकी जिज्ञासा को बढ़ाने के लिए ही वे एक क्षण रुक गईं फिर सबको अपनी ओर निहारते देखकर बोलीं, "मेरे पास आठ-दस ऐसे विद्यार्थी हैं जो बड़े प्रतिभाशाली हैं, बड़े "ब्राइट" हैं—पर बड़े गरीब, बड़े बेबस। वे पढ़ना चाहते हैं, पर राह नहीं।"

वे एक क्षण को फिर रुकीं, शायद अपनी बात की प्रतिक्रिया देखना चाह रही थीं। सबके चेहरों को चढ़ते-उतरते भावों को देखकर उन्होंने फिर अपनी बात जारी की, "मैं जानती हूँ कि हममें से कोई भी ऐसी स्थिति में नहीं, जो किसी का आर्थिक भार उठा सके; फिर भी कुछ मदद तो हम कर ही सकती हैं। यदि आप लोगों में से हर कोई एक घंटे का समय इन्हें पढ़ाने के लिए दे सके तो कम-से-कम इनकी पढ़ाई जारी रह सकेगी। अपना-अपना विषय सब पढ़ा दिया करें।"

उत्तर सुनने की आशा से उनकी सरसरी नज़र चारों ओर दौड़ पड़ी। सबसे पहले सुनन्दा ने कुर्सी से उठकर अपनी सिल्क की साड़ी का पल्ला ठीक करते हुए कहा, "यह काम करने में मुझे बड़ी खुशी होगी, जहाँ तक हो सकेगा मैं मदद करने को तैयार हूँ।" और फिर

बैठते हुए उसने आत्म-गौरव-भरी दृष्टि चारों ओर डाली, मानो कह रही हो, "अपने लिए जीवित रहना भी कोई ज़िन्दगी है!"

"तुमसे तो मुझे यही आशा थी सुनन्दा! पर दुख इसी बात का है कि हिन्दी जानने वाला केवल एक ही लड़का है, मैं उसे तुम्हारे पास भेज दिया करूँगी; बाकी लड़के तो बंगाली हैं।"

सुनन्दा के अधर दाहिनी ओर को फैल गए कुछ इस भाव से कि एक है तो इसमें मेरा क्या दोष, मैं पूरी तरह तैयार हूँ।

उसी शाम सुनन्दा के सामने एक लम्बा-साँवला और दुबला-सा युवक खड़ा था। उसके चेहरे पर एक मायूसी, एक मुर्दनी छाई हुई थी। सारे शरीर की अपेक्षा आँखों में अधिक तेज था और वे आँखें सुनन्दा के चेहरे पर टिकी हुईं थी—बेधड़क बेझिझक।

"तुम्हारा नाम क्या है?"

"शिवनाथ।"

"इन्टर कब पास किया?"

"इसी साल।"

"बी.ए. में विषय क्या लिए हैं?"

"हिन्दी, हिस्ट्री, इकनॉमिक्स और इंगलिश।"

"रहते कहाँ हो?"

"सूतापट्टी में।"

"तो इतनी दूर से आया करोगे? तब तो तुम्हें बड़ा कष्ट होगा आने-जाने में।"

"पढ़ने के लिए आने में कष्ट कैसा? असली कष्ट तो आपको होगा।"

वह बहुत धीमी आवाज में जवाब दे रहा था पर आँखें सुनन्दा के चेहरे पर ही टिकी थीं। सुनन्दा को जाने कैसा-कैसा लगा। उसने कोमल स्वर में उसे हिन्दी और हिस्ट्री में पूरी तरह मदद करने का आश्वासन दिया और आगे बढ़ने के लिए प्रोत्साहन भी। कृतज्ञता के भाव शिवनाथ के चेहरे पर फैल गए पर एक शब्द भी उसके मुँह से नहीं

निकला—केवल उसकी आँखें नम हो उठीं। चलने के पहले उसने रुँधे कंठ से इतना ही पूछा—"कल से किस समय आया करूँ?"

उसकी मौन कृतज्ञता से सुनन्दा का मन भीग आया, उसने कहा—"इसी समय।"

नमस्कार करके वह चला गया।

"ऊपर पहुँची तो सुनन्दा के भाई ने पूछा—कौन था यह?"

"हमारा नया शिष्य"—हँसते हुए सुनन्दा ने उत्तर दिया।

"ओहो! तो अब आप लड़कों को भी पढ़ाएँगी। तू उसकी आधी भी तो नहीं है, क्या रोब जमावेगी उस पर?"

"अरे जनाब, रोब शरीर से नहीं अक्ल से जमता है, समझे? शरीर से तो मेरी शिष्याएँ भी—कितनी ही—मुझ से डबल होंगी पर ज़रा जाकर पूछो तो!"

"अच्छा अच्छा, अब लगी शेखी बघारने। इस अदना बुद्धि का ही यह रौब है तो हम जैसे पहुँच जाएँ तो पता नहीं क्या हो तुम्हारे कॉलेज में!"

"होगा क्या, डूब जाएगा—एक साल में ही।" और हँसती हुई वह चली गई।

दूसरे दिन से ही नियमित रूप से पढ़ाई चलने लगी। सुनन्दा चाहती थी कि शिवनाथ सप्ताह में तीन दिन ही आया करे, पर जब वह रोज ही आने लगा तो उससे मना करते नहीं बना। जब सुनन्दा पढ़ाती तो वह एक-टक उसके मुँह की ओर देखता। उसकी इस नज़र से सुनन्दा कभी-कभी परेशान-सी हो जाती। एक युवक उसके सामने बैठकर उसे यों लगातार घूरता रहे, यह उसे कुछ अजीब-सा, असह्य-सा प्रतीत होने लगा। आखिर वही इधर-उधर देखने लगती।

पहले पखवारे तो वह जोश के साथ बड़े नियमित रूप से उसे पढ़ाती रही, फिर रोज-रोज समय देना ज़रा अखरने लगा। उसे और भी कितने ही काम रहते थे, जिनके लिए केवल शाम का समय मिलता। सो सुनन्दा ने कह दिया—"देखो, रोज पढ़ाना तो मेरे लिए सम्भव नहीं

होगा, तुम सप्ताह में तीन दिन ही आया करो। चिन्ता मत करना, मैं तुम्हारा सारा कोर्स पढ़ा दूँगी। हिन्दी और हिस्ट्री की ओर से तुम निश्चिन्त रहो।''

यह सुनकर क्षण-भर के लिए उसकी आँखें नीचे झुकीं, फिर धीरे-धीरे उसने सुनन्दा की ओर ताका। इस नज़र से सुनन्दा सिहर-सी गई। उसे धीमी-सी आवाज सुनाई पड़ी–''जैसी आपकी आज्ञा।'' वह जाने लगा।

''ज़रा ठहरो, एक बात पूछनी है। तुम ट्यूशन करना चाहोगे?''

''चाहने से भी मिलेगा कहाँ?'' स्वर बुझा-सा था।

''मैंने एक जगह बात की है। तीसरी और चौथी कक्षा के दो बच्चे हैं, एक घंटा रोज पढ़ा दोगे तो बीस दे देंगे–तुम्हारा खर्च ही निकलेगा।''

''यदि दिलवा दें तो सच आपकी बड़ी कृपा होगी, मैं इस समय बहुत ही कष्ट में हूँ। आप सोच भी नहीं सकतीं, इतने कष्ट में!''

''कृपा की क्या बात है, तुम काम करोगे और वे पैसे देंगे। चलो, यहाँ पास ही हैं, तुम्हें अभी मिला लाती हूँ।''

शिवनाथ की आँखें डबडबा आईं, और उससे ही सुनन्दा ने उसके कष्ट का कुछ अनुमान लगाया। ट्यूशन की बात पक्की करके सुनन्दा को बड़ा सन्तोष हुआ। पढ़ाने में तीन दिन की क्षति, उपार्जन का अवसर जुटाकर पूरी कर दी उसने।

दूसरे दिन स्टाफ-रूम में सब अपने-अपने विद्यार्थियों की बुद्धि और स्वभाव की चर्चा कर रही थीं। कोई बड़ी खुश थी, तो कोई इस बेगार से पीछा छुड़ाने को आकुल। सुधा ने सुनन्दा का कन्धा थपथपाकर पूछा–''क्यों री! तेरा शिष्य कैसा है? पर तेरे पास तो एक ही है, यहाँ पाँच-पाँच से मगज मारना पड़ता है।''

''बड़ा तेज है, पर भावुक भी। बस, बात-बात में आँखें भर आती हैं। शायद बहुत तकलीफ में हो। यों मैंने उसे एक ट्यूशन भी दिलवा दिया है। पर पढ़ाती हूँ तो एकटक ऐसे घूरता है मानों मेरी सारी विद्या-बुद्धि सोख लेगा। मुझसे तो उसकी नज़र बर्दाश्त नहीं होती,

इधर-उधर देखकर पढ़ाना पड़ता है।"

"तेरे चेहरे से उसे "इन्सपिरेशन" मिलता होगा, यों कुछ और भी..." और वह खिलखिलाकर हँस पड़ी।

"बस आ गई अपनी जात पर? तेरे दिमाग़ में तो कूड़ा है कूड़ा, एक ही बात सूझती है!"

"एइ शूधा बोहोत पाजी मेये है!" हँसते हुए मिसेज़ मित्र ने 'रिमार्क' कसा।

अब शिवनाथ सुनन्दा के पास सप्ताह में तीन दिन ही आया करता। उसमें से भी सुनन्दा उसे कभी-कभी नहीं पढ़ा पाती। जब सुनन्दा पढ़ाने से इन्कार कर देती तब शिवनाथ की आँखों में जाने कैसी निराशा के बादल-से घुमड़ आते। क्षण-भर वह भरपूर नज़र से उसे देखता, मानों कह रहा हो "क्या किसी तरह भी पढ़ाना नहीं हो सकेगा?" और फिर धीरे-धीरे लौट जाता। उसके इस व्यवहार से कुछ समय के लिए सुनन्दा का मन भारी-सा हो उठता।

धीरे-धीरे सुनन्दा ने देखा कि शिवनाथ का चेहरा और भी स्याह और दुबला-सा होता जा रहा है। आखिर एक दिन उसने पूछ ही डाला "क्या बात है? तुम्हारी तबीयत ख़राब रहती है? बहुत कमज़ोर मालूम होते हो।"

"जी नहीं, ठीक है। इन दिनों ज़रा कुछ अधिक काम करना पड़ता है।"

"तुम्हारे घर में कौन-कौन हैं?" पहली बार सुनन्दा ने व्यक्तिगत प्रश्न किया।

"बूढ़े बाप है, पर उन्हें लकवा मार गया है। और माँ देख नहीं पातीं। दो छोटी बहनें और तीन भाई हैं।"

"घर का काम कैसे चलता है, कमानेवाला कौन है?"

"मैं और एक भाई काम करते हैं, बस उसी से गुजर हो जाती है।"

वह ऐसे बोल रहा था जैसे बताना नहीं चाहता हो। मुसीबत है तो उस पर है, वह सह लेगा, सबको क्यों बताता फिरे?

सुनन्दा ने फिर कुछ नहीं पूछा।

दूसरे दिन सुनन्दा ने दस का एक नोट पकड़ाते हुए कहा—"यह रख लो, शायद तुम्हारे कुछ काम आवे!"

"नहीं, इसकी कोई आवश्यकता नहीं है। मैं यों ही बहुत कमज़ोर हूँ, इतना मत लादिए कि ढो न सकूँ। आपने जो कुछ किया और दिया उसे ही सँभाल सका तो अपने को बड़भागी समझूँगा, और...और"—उसने कमीज की बाँहें आँखों पर रख लीं।

सुनन्दा ने नोट वापस ले लिया। उस दिन पढ़ाई ठीक-ठीक न हो सकी।

सुनन्दा ने लक्ष्य किया कि शिवनाथ पढ़ने के लिए तो तीन ही दिन आता है, पर किसी-न-किसी बहाने वह बचे हुए तीन दिन भी आ ही जाता है। कभी घर, तो कभी कॉलेज में। कभी आकर कोई कॉपी ले जाता है तो कभी नोट्स माँग ले जाता है। पाँच-छह मिनिट से ज़्यादा नहीं ठहरता। एक बार सुनन्दा ने कहा भी—"अरे कॉपी कल ही ले लेते, इसके लिए इतनी दूर आना क्या ज़रूरी था? बेकार वक्त बर्बाद होता है।"

पर वह बराबर आता ही रहा। घर पर सुनन्दा न मिले तो वह कॉलेज पहुँचता। सुधा तथा और भी दो-तीन लैक्चरर खूब मजाक करतीं—"शिष्य हो तो ऐसा हो—'प्रत्यक्ष गुरु-दर्शन' के बिना चैन नहीं।"

सुनन्दा हँसती और टाल देती। उसे खुद शिवनाथ का रोज-रोज आना अच्छा नहीं लगता था।

एक दिन सुनन्दा बैठी कुछ पढ़ रही थी। आज शिवनाथ के आने का दिन नहीं था पर तभी भैया ने आकर कहा—"वह तुम्हारा भक्त आया है नीचे!"

"कौन?" भौंहें चढ़ाकर सुनन्दा ने पूछा।

"अरे वही शिवनाथ। तुम्हारा परमभक्त!" स्वर से परिहास छलका पड़ता था।

''देखो भैया! मुझे यह मजाक पसन्द नहीं समझे।'' सुनन्दा ने चिढ़ते हुए कहा।

''मजाक? मजाक कौन कर रहा है, हम तो हकीकत कह रहे हैं। वह तुम्हारा 'भक्त' नहीं तो है क्या? बेचारे को पढ़ाओ या नहीं, एक बार दर्शन करने आता ही है।''

''अच्छा, है तो है। तुम्हें क्यों ईर्ष्या हो रही है?''

''तुम्हारे 'भक्त' से हम क्यों ईर्ष्या करेंगे भला? हाँ, तुम्हारी भाभी के 'भक्त' से ज़रूर ईर्ष्या हो सकती है।'' और उन्होंने कनखियों से हॉल ही में आई हुई भाभी की ओर देखा।

भाभी ने भी कुछ उत्तर दिया पर वह घर के एकदम पीछे से गुजरती हुई रेल की सीटी की कर्कश ध्वनि में ही खो गया।

सुनन्दा धड़ाधड़ सीढ़ियाँ उतरकर नीचे जा पहुँची।

''कहो कैसे आए?''—सुनन्दा की आवाज में शायद ही कभी इतनी बेरुखी रही हो। शिवनाथ क्षणभर चुप रहा जैसे एकाएक उसे कुछ उत्तर नहीं सूझ रहा हो, फिर बोला।

''ज़रा समय हो तो आप मुझे कुछ प्रश्न लिखवा दीजिए। बैठे-बैठे उत्तर ही लिख डालूँगा।''

''पर यह तो तुम कल भी पूछ सकते थे, आज ही तो आखिर सबकुछ नहीं लिख डालोगे? इतनी-सी बात के लिए बेकार इतनी दूर तक क्यों आए? यह तो समय का सदुपयोग नहीं।'' सुनन्दा कड़ी पड़ गई।

''आपके यहाँ आने में भी यदि समय नष्ट होता है तो फिर उसका सदुपयोग क्या होगा?'' सुनन्दा के चेहरे पर नज़र जमाए हुए ही उसने धीमे से कहा।

सुनन्दा जल उठी। और भी कठोर होकर कहा—''शायद तुम समय का यही सदुपयोग करते हो, किन्तु मैंने जब तुम्हें स्पष्ट रूप से कह दिया है कि सप्ताह में केवल तीन बार ही आया करो तो क्यों जब चाहते हो आ-धमकते हो? जाओ मुझे फुर्सत नहीं है।'' कमरे से एक

तेज आँधी-सी चली गई—सीढ़ियाँ काँप उठीं।

दूसरे दिन नौकर ने किताब लाकर सुनन्दा को देते हुए कहा—"वह जो लड़का आपसे पढ़ने आता है, वही दे गया है।"

"वह चला गया?"—किताब लेते हुए सुनन्दा ने पूछा—"कुछ कहता था क्या?"

"जी वह तो चुपचाप चला गया। सिर्फ किताब देने के लिए बोला था।"

सुनन्दा समझ गई कि शिवनाथ को कल की डाँट चुभ गई है। कहने के बाद खुद उसे अफसोस हुआ था, पर उस समय न जाने क्यों उसे बस गुस्सा आ ही गया। सोचा था, आज उसे ठीक-ठीक समझा दूँगी लेकिन वह ठहरा ही नहीं। सुनन्दा की काँपती-सी अँगुलियाँ किताब के पृष्ठों से खेल रहीं थीं। तभी किताब के बीच से एक लिफ़ाफ़ा निकल पड़ा। लिफाफे पर पता नहीं लिखा था, चिपका भी नहीं था। सुनन्दा ने पत्र बाहर निकाला :

"मैं बहुत लालची हूँ, तभी तो प्राप्त से सन्तोष नहीं होता! जानता हूँ आपको बहुतेरे काम रहते होंगे, चाहता भी हूँ कि तीन दिन ही आया करूँ, पर जाने कौन मुझे रोज आपके घर खींचकर ले ही आता है—शायद आपका स्नेह! आज आपने रोज-रोज आने को मना कर दिया—अब नहीं आऊँगा, पर अपना स्नेह मुझसे मत छीनिएगा। आपके स्नेह और विश्वास को खोकर मैं शायद एक दिन भी जिन्दा नहीं रह सकता हूँ!

आपका,
शिवनाथ"

सुनन्दा की अनुतप्ति गुस्से में बदल गई—थोथी भावुकता! और यह भी कोई पत्र लिखने का ढंग है भला? ऊपर डैश-डैश करके छोड़ दिया—मेरा कोई नाम नहीं है क्या? या कुछ और ही लिख देता। और इस तरह किताबों में पत्र लिखकर रख देना! यह सब नहीं चलेगा। उसे साफ-साफ कह देना पड़ेगा। ये क्या बेहूदी हरकतें हैं! छोटा बच्चा तो

है नहीं, पूरा आदमी है। उसे क्या इतनी भी समझ नहीं?

उसके तीसरे दिन रविवार था। रविवार को सुनन्दा शिवनाथ को दोपहर में पढ़ाया करती थी पर उस दिन वह लेटी तो नींद आ गई। करीब दो बजे शिवनाथ आया। नौकर ने दरवाजा खोला–

"बीबीजी तो सो रही हैं," और बिना उत्तर की प्रतीक्षा किए ही दरवाजा वापस बन्द कर दिया। शिवनाथ को लगा मानो यह सुनन्दा का ही आदेश था। उसका दिल टूट गया। वह गया नहीं, वहीं खड़ा रहा। मई की दोपहरी, दरवाजे पर छाया नहीं। करीब साढ़े चार बजे बाहर जाने के लिए सुनन्दा ने जैसे ही दरवाजा खोला, देखा शिवनाथ खड़ा है। इस समय उसे देखकर उसका माथा ठनक गया। बोली– "रविवार की शाम को तो मैं कभी फ्री नहीं रहती, फिर इस समय क्यों आए? दोपहर में आना चाहिए था, इस समय तो मैं एक मिनिट को भी नहीं रुक सकूँगी। यों ही लेट हो चुकी हूँ!" और एक सरसरी निगाह उसने शिवनाथ के कुम्हलाए चेहरे और अपनी कलाई पर डाली और वह चली गई। शिवनाथ कुछ बोल ही नहीं सका।

रात को सुनन्दा लौटी तो नौकर ने कहा–"अरे बीबीजी! हम तो भूल ही गए। दोपहर दो बजे वह लड़का आया था, आप सो रही थीं सो हमने कह दिया कि अभी तो बीबीजी सो रही हैं।"

"दो बजे?" कुछ आश्चर्य से सुनन्दा ने पूछा।

"हाँ दो ही बजा होगा।"

"हाय राम! तो दो बजे से लेकर साढ़े चार तक वह इस ग़र्मी में बाहर धूप में ही खड़ा रहा क्या?"

"अरे दो से चार क्या, अब तो बिस्तर डाल दिया है तेरे दर के सामने।"–चुटकी लेते हुए भैया बोले।

"इस मई की धूप में वह यहीं खड़ा रहा होगा।" सुनन्दा को बड़ा अफसोस हो रहा था।"

"हम कहते हैं कि केवल एक भक्त में ही यह माद्दा हो सकता है कि वह कड़कड़ाती धूप को भी चाँदनी समझे।"

सुनन्दा ने भैया की बात अनसुनी करके कहा—"हरखू, तुझे अन्दर तो बिठा देना चाहिए था उसे।"

"हमें क्या मालूम कि वह बाहर ही खड़ा रहेगा, नहीं तो हम बिठा लेते।"

"अरे फिर वापस आया होगा। क्यों ख्वाहमखाह चिन्ताकर रही है?"

फिर भी सुनन्दा पसीज उठी। कई दिनों से वह बहुत बेरुखी से पेश आ रही है, अब ऐसा नहीं करेगी। पर यह भी कैसा पागलपन? क्यों खड़ा रहा धूप में? एकाएक उसके मन में बिजली-सी कौंध गई : कहीं भैया का मजाक ही तो सच नहीं? धत्त, ऐसा भी कहीं हो सकता है? पर उसका सारा व्यवहार नॉर्मल नहीं है और "एबनॉर्मल" लोग बड़े खतरनाक होते हैं। बैठे-ठाले अच्छी बला गले पड़ी। यही सब सोचते-सोचते सुनन्दा सो गई।

दूसरे दिन भी शिवनाथ नहीं आया। पूरा सप्ताह बीत गया, पर वह नहीं आया। सुनन्दा को कुछ बेचैनी-सी हुई। कॉलेज में भी किसी के पूछने पर उसने कहा—"आजकल शिवनाथ नहीं आता, पता नहीं क्यों?"

"तो तुम्हारा भी जी नहीं लगता उसके बिना, क्यों?" हँसते हुए सुधा ने पूछा।

"हाँ तू आ जाया कर जी लगाने, समझी।"

"क्यों भई, कैसा लड़का है यह शिवनाथ?" मिसेज़ मिश्रा ने पूछा।

"कैसे से तुम्हारा क्या मतलब?" सुनन्दा ने पूछा।

"मेरा मतलब चाल-चलन का कैसा है? हमारे नीचे के फ्लैट में कुछ निहायत आवारा किस्म के लड़के आए हैं, उनके साथ मैंने उसे अक्सर देखा है। वे सब तो बड़े ओछे किस्म के लड़के हैं भई, इसी से कह रही थी कि उसे सत्संग पर भी लेक्चर पिलाओ जरा।"

"मैंने क्या ठेका ले रखा है उसका जो लेक्चर पिलाऊँ? इस साल का कोर्स पूरा करा दूँ फिर चाहे बिगड़े या सुधरे—मेरी बला से।" सुनन्दा चिढ़-सी गई।

कोई दस दिन बाद शिवनाथ आया। चेहरा स्याह और बहुत ही कमज़ोर-सा लग रहा था।

"तुम्हारी तबीयत ख़राब हो गई थी क्या?"

"जी।"

"अभी तुम काफी कमज़ोर लग रहे हो, कुछ और आराम करके आना चाहिए था तुम्हें। दवाई-अवाई ले रहे हो ना?"

सुनन्दा के चेहरे पर टिकी उसकी आँखें नीचे को झुक गईं और उसने धीरे-से कहा—"जी, ले रहा हूँ।"

पर उसके उत्तर से ही सुनन्दा समझ गई कि वह झूठ बोल रहा है। तभी उसे ख़याल आया जिन्हें शायद रोटी तक आसानी से नसीब नहीं होती हो वे दवाई क्या खाएँगे। वह उठकर ऊपर गई और दस रुपए का एक नोट लाकर उसके सामने रख दिया। वह जानती थी कि वह लेगा नहीं प्रतिवाद करेगा, पर उसने बिना कुछ कहे ही ले लिया। फिर बोला—"आज तो आप शायद नहीं देती तो मुझे आपसे माँगना ही पड़ता, इस दुनिया में मेरा आपके सिवाए है ही कौन? और अपनों से संकोच करके रहना बड़ा कठिन है, बड़ा दुखदायी भी।"

बिना चाहे ही लादे गए इस अपनेपन को सुनन्दा सहज भाव से ग्रहण नहीं कर सकी, कुछ कठोर हो पड़ी।

"आज पढ़ाई रहने दो, जब एकदम अच्छे हो जाओ तब आना।"

सुनन्दा जितना इस लड़के के बारे में सोचती उतना ही अपने को उलझा हुआ पाती। मिसेज़ मिश्रा उसे कई बार कह चुकी हैं कि वह आवारा लड़कों की सोहबत में रहता है, ज़रा सँभलकर रहना। भैया जब-तब मजाक करते हैं। चाहे मजाक ही हो, पर ऐसी बात आखिर उनके दिमाग़ में आई तो उसका कोई आधार तो होगा। वह देखता भी तो इस तरह है कि सुनन्दा कभी-कभी बेचैन हो जाती है, सिहर उठती है।

कोई एक सप्ताह बाद ही सुनन्दा को बुखार आ गया। जब नौकर ने शिवनाथ को सूचना दी कि बीबीजी को बुखार आ गया है तो वह

बड़े असमंजस में पड़ गया। बीमारी की हालत में एक बार भी क्या वह सुनन्दा को देख नहीं सकता? वह आज तक कभी ऊपर नहीं गया है, पर आज उसके पैर जैसे जबर्दस्ती उसे ऊपर ढकेलकर ले जाने लगे। नौकर ने उसे खड़ा देखा तो फिर कहा—''अरे बाबा! बीबीजी बीमार हैं, नहीं पढ़ा सकेंगी कुछ दिनों तक। चले जाओ।''

''मैं एक बार उन्हें देखना चाहता हूँ।''

''तो ऊपर चलो!'' नौकर के पीछे-पीछे शिवनाथ चला गया। कमरे पर नीले रंग का पर्दा झूल रहा था। नौकर ने भीतर जाकर भाभी को सूचना दी—''वह लड़का बीबीजी से मिलना चाहता है।''

''पर सुनन्दा तो सो रही है।''—कहती हुई भाभी स्वयं बाहर निकल आईं। पर्दा उन्होंने हाथ से एक ओर कर रखा था और वे दरवाज़े पर खड़ी थीं। शिवनाथ ने भाभी को नमस्कार किया और झाँक कर देखा—सुनन्दा सो रही थी। वह एकटक उधर ही देखता रहा। भाभी ने कहा—''तीन-चार दिन शायद नहीं पढ़ा सकेंगी, तुम फिर आना।''

''जी, मेरे लायक कोई काम हो तो बता दीजिएगा।''

''अरे ऐसा क्या है, मामूली बुखार है।''

शिवनाथ चला गया। पर तब से वह दोनों समय आने लगा, सुनन्दा को देखता और काम पूछकर चला जाता। सुनन्दा ने मना भी किया कि इस प्रकार वह न आया करे पर वह आता ही रहा। उस दिन शिवनाथ दोपहर में आया। अब वह सीधे ऊपर चला जाया करता था। जाकर उसने पर्दा हटाया तो देखा, कमरे में कोई नहीं है। सुनन्दा दरवाजे की ओर पीठ करके अकेली लेटी है। उसने हल्का-सा खटका किया, पर उत्तर नहीं मिला—शायद सुनन्दा सो रही है।

किसी काम से तभी अचानक भाभी ने आकर देखा कि शिवनाथ सोई हुई सुनन्दा पर झुका है। शिवनाथ भी चौंक गया। वे बोलीं कुछ नहीं, पर उनकी नजरों में क्रोध उतर आया था। सिट-पिटाया-सा शिवनाथ बिना सफ़ाई दिए, बिना कुछ बोले चुपचाप चला गया।

संध्या समय भैया आए तो भाभी ने सारी बात बताई। वे उस

समय खामोश रहे। सुनन्दा के कमरे में आकर पूछा—क्यों री, अब तो एकदम अच्छी है न?"

"कल तो मैं कॉलेज जाऊँगी।"

"ठीक है कल से कॉलेज जाओ, पर अपने उस भक्त को बुलाना अब बन्द करो। मान गए! पूरा मजनूँ का अवतार है।"

"फिर वही बात!"—सुनन्दा ने खीझ कर कहा।

"तुम तो बुखार में बेखबर रहती थीं, उसकी नजरें देखतीं—यों घूरता था जैसे तुम्हें निगल ही जाएगा।"

"घूरता ही तो था, निगला तो नहीं।"

"अरे निगल ही जाता मेम साहब! आप हैं किस होश में? यह तो तुम्हारी भाभी ने बचा लिया।" भैया-भाभी दोनों हँस पड़े। फिर एकाएक गम्भीर होकर भैया बोले—"मजाक की बात हटाओ, हम सच कह रहे हैं अब इसे पढ़ाना बन्द करो। हमें तो यह कोई भला लड़का नहीं लगता। अरे पढ़ना ही है तो आए, पढ़े और छुट्टी करे। यह 'मारे तेरी गली के सौ-सौ फेरे' वाली बात समझ में नहीं आती।"

और भैया चले गए तो भाभी ने आज की बात सुनन्दा को बता दी। सुनकर सुनन्दा का क्रोध जाग उठा। इस हद तक गुस्ताखी! ठीक ही तो कहते हैं भैया, पढ़कर अपना रास्ता क्यों नहीं लेता! दिनों-दिन वह मेरे इतना निकट क्यों आना चाहता है, यह अनधिकार चेष्टा सचमुच ही असह्य है। वह मेरे पलंग पर झुककर करना क्या चाहता था?

सोचकर ही सुनन्दा एकाएक सिहर उठी। वह साफ-साफ कह देगी कि वह अब नहीं पढ़ा सकती। आसपास के लोग भी क्या समझते होंगे, चौबीसों घंटे मेरे घर के चक्कर लगाया करता है। मेरी अक्ल पर ही पत्थर पड़ गए थे, यह सब बहुत पहले ही मुझे बन्द कर देना चाहिए था। भैया भी बस हल्के-फुल्के ढंग से कहते रहे। जैसे आज कहा, वैसी कड़ाई से उन्हें पहले ही कह देना चाहिए था कि मत पढ़ाओ, तो मैं भला क्या भैया की बात टाल सकती थी कभी? मैं तो नासमझ हूँ पर

वे तो समझते हैं। सुनन्दा पड़े-पड़े कभी अपनी प्रिंसिपल को कोसती, कभी अपने को, तो कभी अपने भैया को।

पूरे पन्द्रह दिन बाद वह कॉलेज गई। वहाँ के उन्मुक्त वातावरण से उसका आक्रोश बहुत कुछ धुल-पुंछ गया। शाम को लौटी तो काफी प्रसन्न थी। अपने छोटे भतीजे को वह घर के पीछे से गुजरती रेल दिखा-दिखाकर खिला रही थी। जैसे ही रेल की सीटी बजती, बच्चा सुनन्दा से चिपट जाता।

तभी नौकर ने आकर कहा—"शिवनाथ आया है।" एक बार सुनन्दा की इच्छा हुई कि नौकर से ही कहलवा दे कि वह चला जाए और अब कभी न आए, पर फिर कुछ सोचकर स्वयं ही उठी। साड़ी का पल्ला कमर में खोंसकर नीचे उतरी। पर वह कुछ कहती उसके पहले ही सुन पड़ा, "अब आप अच्छी हैं?"

"हाँ। पर अब से मैं तुम्हे पढ़ा नहीं सकूँगी। कॉलेज के काम के बाद मैं बहुत थक जाती हूँ—इतना 'स्ट्रेन' मुझसे बर्दाश्त नहीं होता!"

"जीऽऽऽ! तो क्या अब आप मुझे बिल्कुल नहीं पढ़ाया करेंगी?" जैसे आसमान से गिरते हुए उसने पूछा।

"हाँ, अब नहीं पढ़ा सकूँगी, तुम कोई और प्रबन्ध कर लो!"—चाहती तो थी कुछ खरी-खरी सुना दे, पर उसकी सूरत देखकर बात निकली नहीं। कुछ क्षण रुककर वह बोला—

"क्या दो तीन दिन भी नहीं दे सकेंगी? अभी नहीं तो जब बिल्कुल स्वस्थ हो जाएँ तब। आपकी बीमारी के समय में मैंने सारा पढ़ा हुआ दोहरा लिया है, कुछ कठिनाइयाँ हैं उन्हें ही हल करवा दीजिए। यह पुस्तक रख लीजिए, इसमें निशान लगे हैं—आप जब कहेंगी मैं तभी आ जाऊँगा।"

सुनन्दा और अधिक कठिन नहीं हो सकी—"ठीक है, परसों आ जाना। मैं पढ़ा दूँगी, पर यह समझ लो कि वह आखिरी दिन होगा। इसके बाद..." कहना वह चाह रही थी कि कभी मत आना; पर कहा—"इसके बाद और पढ़ाना मेरे लिए सम्भव नहीं होगा। पुस्तक परसों ही लेते आना।"

"पुस्तक आप रख लीजिए ना! देख लेंगी तो आपको अधिक सुविधा होगी।" अनमनी-सी सुनन्दा ने पुस्तक ले ली। ऊपर जाकर पुस्तक उसने एक ओर पटक दी और सोचने लगी—अच्छी मुसीबत गले पड़ गई! पर यह तय है कि परसों के बाद एक दिन के लिए भी मैं उसे नहीं आने दूँगी, चाहे वह लाख बहाने बनाए। 'नहीं पढ़ाऊँगी' सुनते ही ऐसी ठंडी साँस खींची मानो प्राण ही निकल जावेंगे—बद्तमीज कहीं का! भैया का कहना ही ठीक है। ऊपर से जितना गरीब और भोला दिखता है, दिल से उतना ही काला है। घूरता कैसे है! इन लोगों की क्या भलाई करो—हाथ पकड़ते पहुँचा पकड़ते हैं।

तीसरे दिन सब काम से निश्चिंत होकर सुनन्दा ने सोचा शिवनाथ आता ही होगा, लाओ उसकी कठिनाइयाँ ही देख डालूँ। और पुस्तक उठाकर जैसे ही उसने खोला एक लिफाफ़ा निकल आया। सुनन्दा का माथा ठनका। एक बार पहले भी उसने इसी प्रकार किताब में पत्र लिखकर रख दिया था, पर इस बार लिफ़ाफ़ा चिपका हुआ था और बड़ा खूबसूरत और कीमती लिफ़ाफ़ा था।—यों तो बड़ा गरीब बनता है; पर ऐसे लिफ़ाफ़ों में पैसे बिगाड़ने को मिल जाते हैं। न चाहते हुए भी उसने लिफ़ाफ़ा फाड़कर पत्र निकाला। नीले रंग के कागज पर एक लम्बा-सा पत्र था। मुश्किल से वह आठ-दस पंक्तियाँ पढ़ पाई होगी कि क्रोध से उसका रोम-रोम काँपने लगा। तो यह हिमाकत कमीने की! तभी कह रहा था कि किताब रख लीजिए। कठिनाई तो बहाना मात्र थी, असल में तो सन्देशा पहुँचाना था।

सुनन्दा ने उस पत्र के टुकड़े-टुकड़े कर दिए, वह बुरी तरह मुठ्ठियाँ भींच-भींचकर दाँत पीस रही थी और उसे लग रहा था जैसे सारा कमरा घूम रहा है। कभी उसे भैया की बात याद आती, कभी मिसेज़ मिश्रा की और कभी सुधा के मजाक? सच कितनी बड़ी मूर्ख थी वह? सीधी-सी बात उसकी समझ में नहीं आई। उसका आज तक का व्यवहार क्या एक साधारण विद्यार्थी की तरह था? फिर क्यों वह उसे बराबर बढ़ावा देती रही। आने दो कमीने को...और तभी नौकर ने

आकर कहा—"शिवनाथ आया है।"

उसी गुस्से में वह नीचे झपट पड़ी और आव देखा न ताव खींचकर पूरे हाथ से तीन-चार तमाचे उसके गाल पर रख दिए—"कमीने, लुच्चे, दूर हो जा यहाँ से, नहीं तो गत बनाकर रख दूँगी। जिस थाली में खाता है, उसी में छेद करते शरम नहीं आई। यह बेहूदगी करने को मैं ही मिली थी तुझे दुनिया में। बड़े प्रेमवीर बनते हैं, पढ़ने का बहाना ले-लेकर कमीनपन"...और आगे आवेश में उससे कुछ कहते नहीं बना, हाथ में पत्र के जो टुकड़े थे उन्हें उसी पर फेंककर बोली—"यह है तेरे पत्र का उत्तर—मोरी का कीड़ा"...और वह उसी गुस्से भी धड़ाधड़ ऊपर चढ़ गई। उसने एक बार फिर कर यह देखने की चेष्टा तक न की कि सामनेवाले व्यक्ति ने उसके क्रोध को किस रूप में ग्रहण किया है। ऊपर जाकर गुस्से का बोझ सँभालने में जब असमर्थ हो उठी तो रो पड़ी। उसे सारी दुनिया से नफरत हो गई। कितनी सद्भावना थी इस लड़के के लिए, उसका यह बदला! इतना फरेब!!"

दूसरे दिन जब वह कॉलेज गई तो जाते ही मिसेज़ मिश्रा ने बताया—"अरे, सुना तुमने सुनन्दा! शिवनाथ ने आत्महत्या कर ली। हमारे सामने से जो लोकल ट्रेन गुजरती है न, उसी में कटकर मर गया। क्या बात हो गई, कोई कुछ जान ही न सका। पर बाबा, दृश्य बड़ा भयानक था। वह तो नीचे वाले लड़कों ने पहिचान लिया, नहीं तो पहिचानना ही मुश्किल था।"

सुनन्दा ने तो एक वाक्य के आगे जैसे कुछ सुना ही नहीं। "शिवनाथ ने आत्महत्या कर ली"—इस अकेले वाक्य ने ही उसकी सारी चेतना हर ली। पथराई नज़र से वह एकटक मिसेज़ मिश्रा को देखती रही, पर उसके कानों में इसके आगे की कोई बात नहीं जा रही थी।

प्रश्नों की झड़ियाँ-सी लग गईं, मिसेज़ मिश्रा सबका समाधान कर रही थीं। तभी सुधा ने कहा—"ज़रूर इस सुनन्दा ने बेचारे को निराश

कर दिया होगा, तभी मर गया—हाय रे, सुनन्दा का निराश प्रेमी!''

''हमें तो लगता है उन आवारा छोकरों के साथ कुछ ऐसा-वैसा कर बैठा होगा जिससे मरना पड़ा। मरा भी उनके घर के सामने ही। क्या जाने बाबा क्या बात थी!''

सुनन्दा उठी और प्रिंसिपल से कह कर घर चली गई। जाकर उसने भाभी को बताया, भैया आए तो उन्हें बताया कि शिवनाथ ने आत्महत्या कर ली। घर पर जो भी कोई आता उसे ही बताती—मानों बता-बताकर ही वह अपने मन के बोझ को हल्का कर लेना चाहती थी। पर रह-रहकर कोई उसके अन्तर्मन को कचोट-कचोटकर कहता—''तू ही उसकी हत्यारिन है—तूने ही उसे मारा है।'' वह तर्क से अपने मन को शान्त करती—इसमें मेरा क्या दोष है आखिर! ऐसी बेहूदगी मैं कैसे बर्दाश्त करती? मैं क्या, कोई भी भली लड़की नहीं बर्दाश्त कर सकती है। इतना ही 'सेन्सिटिव' था तो ऐसा काम क्यों किया?'

तभी दूर से रेल की सीटी की ध्वनि सुनाई दी। जाने क्यों सुनन्दा को रेल की यह सीटी बहुत ही कर्कश लगी, उसने झटके से कमरे की खिड़की बन्द कर दी। दोनों हाथों से आँखें कसकर बन्द कर लीं और मेज पर सिर टिका लिया। खिड़की बन्द थी, कान बन्द थे, आँखें बन्द थीं, फिर भी वह देख रही थी, बहुत ही स्पष्ट रूप से देख रही थी कि रेल उसके घर के सामने आ पहुँची है और विशालकाय इंजिन के बड़े-बड़े पहिए जैसे खून से सने हैं।

''ओह!'' और वह एकाएक बहुत घबरा गई। अपने कमरे से वह भाभी के पास पहुँची—''अच्छा भाभी, अगर मेरी जगह तुम होतीं तो तुम क्या करतीं?''

''किस में क्या करती?'' भाभी ने कुछ न समझते हुए पूछा।

''यही जो शिवनाथ के साथ हुआ। मैंने तो उसे कहा नहीं कि तू जाकर रेल के नीचे कट जा, मैंने तो उसे अपने यहाँ आने के लिए मना किया था।''

''उसके दिन पूरे हो गए थे, मर गया। तुम उसे लेकर क्यों

जबर्दस्ती परेशान हो रही हो। पर सच बेचारा बुरी मौत मरा। मुझे खुद आज उसका बार-बार ख़याल आ रहा है। तुम बीमार थीं तो यहाँ दरवाजे पर आकर कैसा टुकुर-टुकुर ताका करता था।''

सुनन्दा कुछ नहीं बोली।

तरह-तरह के तर्कों से वह अपने को शान्त करने का असफल प्रयास करती रही। उसने कमरे की वह खिड़की एक क्षण को भी नहीं खोली, जिसमें से लोकल ट्रेन दिखाई देती थी। वह अपने को बातों और कामों में आवश्यकता से अधिक व्यस्त रखने लगी। कोई तीन-चार दिन बाद शाम को हरखू ने आकर बताया—''बीबीजी, आपसे कोई मिलने आया है।''

''मुझसे?'' और कौन हो सकता है—यह सोचती हुई वह नीचे उतर गई। एक अपरिचित लड़का तिरछा हैट और रंगीन चश्मा लगाए सामने खड़ा था। सुनन्दा को देखते ही उसने हाथ की सिगरेट नीचे फेंक दी।

''जी, आप ही मिस सुनन्दा हैं?''

''जी हाँ कहिए?''—सुनन्दा को लड़के की सारी वेश-भूषा बड़ी विचित्र-सी लग रही थी।

''आप ही शिवनाथ को पढ़ाती थीं न?''

सुनन्दा धक्! उसे लगा जैसे सामनेवाला व्यक्ति कोई पुलिस का आदमी है और उसने उसे शिवनाथ की हत्यारिन के रूप में रँगे हाथों पकड़ लिया है। उसके चेहरे का रंग उड़ गया, वह बेहद घबरा उठी। हकलाते हुए बोली—''हाँ, पढ़ाती तो थी, पर...पर...।''

''आपको शायद मालूम होगा कि उसने रेल के नीचे कटकर आत्महत्या कर ली है। अजीब ही भावुक किस्म का लड़का था।''

''तो मैं क्या करूँ? मैं तो कुछ जानती ही नहीं?'' सुनन्दा एक सपाटे में बोल गई।

''अरे, करने को आप और हम क्या कर सकते हैं, जो होना था सो हो गया।'' एक क्षण रुककर वह बोला—''हमारे पास वह आता था, हमारे कुछ खत-वत लिख दिया करता था, नोट्स आदि उतार दिया

करता था। बदले में हम उसे कुछ रुपए-पैसे से मदद कर दिया करते थे। अपनी किताबें पढ़ने को दे दिया करते थे—चला गया बेचारा? हाँ, मैं आपके पास अपनी किताब लेने आया हूँ। मेरी हिन्दी की किताब वह आपके पास छोड़ गया था—वैसे किताब की कोई बात नहीं, पर... पर...'' और फिर कुछ झेंपते हुए कहा—''उसमें मेरा एक पत्र ग़लती से रह गया था, ज़रा पर्सनल किस्म का था'' और एक अर्थ-भरी मुस्कुराहट उसके चेहरे पर फैल गई—''असल में मुझे वही चाहिए। बड़ा संकोच हो रहा था आपके यहाँ आने में, पर अब तो शिवनाथ भी नहीं रहा कि फिर ख़त लिख देता, इसी से मज़बूरन आना पड़ा। कृपा कर उसे लौटा दें।''

सुनन्दा बड़ी मुश्किल से ऊपर आई, किताब लाकर वापस दी पर उसने पत्र के विषय में कोई जानकारी ज़ाहिर न की।

और इसके बाद सुनन्दा स्वयं नहीं जानती कि कैसे वह ऊपर आई। बस, भाभी बेहद घबराई-सी उसे झकझोर-झकझोर कर पूछ रही थीं—''क्या हो गया है सुनन्दा, यह क्या कर रही हो?'' पर सुनन्दा को जैसे कुछ भी सुध नहीं थी, उसने काट-काटकर अपने दोनों हाथ लहू-लुहान कर दिए थे और पानी से निकाली हुई मछली की तरह बुरी तरह छटपटा रही थी।

खोटे सिक्के

"जी, इन्हें कहाँ रखूँ?"

एक सहमी-सी आवाज पर सब घूम पड़े। देखा एक छोटा लड़का थैली हाथ में लिए भयभीत-सा खड़ा है।

"क्या है इसमें?" कड़ककर मि. खन्ना ने पूछा? आवाज में ऊँचे पद का गर्व बोल रहा था।

"जी...जी खोटे सिक्के हैं। वहाँ मेरा बाबा खोटे सिक्के चुन रहा है, उसी ने भेजे हैं।" डर के मारे लड़के के गले से पूरी तरह आवाज भी नहीं निकल रही थी।

"तो इन्हें यहाँ क्यों लाया है–जा उधर ले जा।" झिड़ककर खन्ना साहब ने लड़के को भगा दिया। हर बात को जाननें के लिए बेहद उत्सुक छात्राओं के दल में से एक ने पूछा–"टकसाल में खोटे सिक्के कैसे आए?" स्वर काफी मीठा था। निरन्तर बड़ी-बड़ी मशीनों की कर्कश आवाज सुनने के आदी खन्ना साहब को लगा जैसे किसी ने मिसरी घोलकर कानों में उँडेल दी हो। क्रोध और रौब को एक ओर हटाकर, होठों पर मधुर मुस्कान और आवाज में स्निग्धता लाकर बोले–"देखिए, बहुत सावधानी के बावजूद कभी-कभी बहुत सारे सिक्के बिगड़ ही जाते हैं। जहाँ सिक्के ढलते हैं, अगर उस मशीन में ज़रा-सी भी ख़राबी हो जाती है तो सारे सिक्कों की शेप बिगड़ जाती है और फिर उनकी गिनती खोटे सिक्कों में होने लगती है।"

''टकसालवाले करते क्या हैं इन खोटे सिक्कों का?'' एक ओर से प्रश्न आया।

''चला देते होंगे, और क्या? देखती नहीं, बाजार में कितने खोटे सिक्के चलते हैं।'' बड़े ही शोख ढंग से दूसरी ओर से शंका का समाधान हुआ।

''जी नहीं, खोटे सिक्कों को हम चला नहीं देते, वापस टकसाल में ही खपाते हैं। जो चीज़ हमारी टकसाल में खोटी होती है उसकी जिम्मेदारी तो हमारी है। उसे बाहर क्यों भेजेंगे भला?'' खन्ना साहब ने इस ढंग से कहा मानो बता रहे हों कि देखो हमारी नैतिकता को। हमें क्या इतना गया-गुजरा समझा है कि अपनी ग़लती को दूसरों के सिर मढ़ दें?

खन्ना साहब टकसाल के उच्च पदाधिकारी हैं। ये गाइड का काम कभी नहीं करते। पर परसों जब उन्हें सूचना मिली कि लखनऊ से किसी कॉलेज की छात्राओं का एक दल कलकत्ते के दार्शनीय स्थानों को देखने के लिए आया है और वे टकसाल देखने की भी अनुमति चाहती हैं तो सहर्ष अनुमति देने के साथ ही दिखाने के लिए भी वे स्वयं ही तैनात हो गए। ठीक ग्यारह बजे बस पर से करीब बीस-बाईस छात्राओं ने दो अध्यापिकाओं के साथ टकसाल में प्रवेश किया। रंग-बिरंगे दुपट्टों और विभिन्न प्रकार के सेंटों की मिली-जुली सुगन्धि से जैसे एकाएक ही वहाँ मधुमास आ गया। बड़े तपाक से खन्ना साहब ने सबका स्वागत किया और बड़ी नम्रता से अपना परिचय दिया। उससे भी अधिक शालीनता और विनय से परिचय दिया अपने पद-गौरव का। फिर एक बार सतर्क नजरों से सबके चेहरों को पढ़ा कि उस पद का रौब आँखें फाड़-फाड़कर अपने चारों ओर देखतीं, खुसर-फुसर करतीं, एक दूसरी को ठेलतीं उन लड़कियों पर भी पड़ा या नहीं? इसके बाद टकसाल का संक्षिप्त इतिहास बताते हुए उन्होंने अन्दर प्रवेश किया। एक चपल-सी छात्रा ने अपने स्वभाव से भी अधिक चपल दुपट्टे को काबू में रखने का प्रयास करते हुए कहा—''हमारी तलाशी

नहीं ली जाएगी टकसाल में? सुनते हैं कि यहाँ घुसते और निकलते हुए सबकी तलाशी ली जाती है।''

''आप लोग तो हमारी मेहमान हैं। मेहमानों की भी कोई तलाशी लेता है भला? वह तो यहाँ काम करनेवाले मज़दूरों की तलाशी ली जाती हैं।'' मुस्कुराकर खन्ना साहब ने कहा।

सबसे पहले वे एक बड़े से हॉल में पहुँचे, जहाँ कई भट्टियाँ बनी हुई थीं। ''इन भट्टियों में कच्चे धातु को गलाया जाता है।'' यह कहकर जैसे ही खन्ना साहब ने एक भट्टी के मुँह का ढक्कन खोला कि भट्टी के पास झुंड लगाकर खड़ी लड़कियाँ झटका खाकर दो क़दम पीछे हट गईं। आग की एक लहर जैसे सबको झुलसा गई। खन्ना साहब ने बताया : ''यह तो साधारण भट्टी है। आपको बिजली की भट्टी भी दिखाऊँगा, उसमें तो आप बिना रंगीन चश्मा चढ़ाए देख भी नहीं सकतीं। लगता है जैसे सूरज सामने उतर आया हो।'' इसके बाद उन्होंने सारी प्रक्रिया समझाई कि किस प्रकार कच्चे धातु को गलाकर सिक्को के उपयुक्त बनाया जाता है, और उसके लम्बे-लम्बे बार्स बनाए जाते हैं। बड़े धैर्य और रुचि के साथ वे हाथों का संकेत कर-कर के समझा रहे थे और सारी छात्राएँ उनके चेहरे पर यों नज़र गड़ाए सुन रही थी मानों वहाँ का सारा ज्ञान सोख लेंगी। खन्ना साहब कोई चीज़ उठाते तो बीस-बाईस सिर इस तरह चारों ओर घिर आते मानों, गुड़ की डली पर मक्खियाँ बैठ गई हों। जिस किसी भी हॉल से वे गुजरते, वहाँ काम करनेवालों की गति अपने आप ही बढ़ जाती। वे और अधिक मनोयोग और कुशलता से काम करने लगते। कभी-कभी खन्ना साहब किसी मशीन के पास खड़े हो जाते और रौबीले स्वर में हुक्म देते—''मशीन को चला दो।'' झटके से मशीन चलाई जाती और खन्ना साहब उसका सारा ब्योरा समझाते। साथ में आई हुई अधेड़ावस्था की अध्यापिकाएँ शुरू से ही खन्ना साहब की उपेक्षा पा रही थीं। उन्हें खन्ना साहब का लड़कियों में यह आवश्यकता से अधिक दिलचस्पी और आकर्षण अच्छे नहीं लग रहे थे। वे ठेलमेल में कभी जाने-अनजाने

में लगे हलके-फुलके धक्कों को भी काफी सन्देह की नज़र से देखकर जब-तब छात्राओं को फटकार देतीं थीं—"तुम लोग सिर पर ही क्यों चढ़ जाती हो? दूर रहकर क्यों नहीं देखतीं-सुनतीं? और एक बार छात्राओं के झुंड और खन्ना साहब में सन्तोषजनक दूरी उत्पन्न कर देतीं, पर छात्राओं की अत्यधिक जिज्ञासा और आतुरता, तथा खन्ना साहब की आवश्यकता से अधिक रुचि में वह दूरी कब और कहाँ खो जाती, कोई जान ही नहीं पाता।

घूमते-घूमते वे एक बड़े से हॉल में आए, जहाँ की दैत्याकार मशीनें कान के पर्दे फाड़ देनेवाली आवाज से बेतहाशा दहाड़ रही थीं। खन्ना साहब के शब्द उस भीषण गर्जना से ही खो जाते थे। परिस्थिति का फायदा उठाकर मुँह को अति निकट लाकर वे बता रहे थे—"यहाँ पर तैयार धातु के बड़े-बड़े बार्स को पतला किया जाता है।" छात्राएँ मशीनों से काफी दूर खड़ी थीं फिर भी उनका शरीर जैसे झुलसा जा रहा था। आग से लाल लम्बी-लम्बी सलाखें पटापट ऊपर से नीचे गिर रही थीं, और नीचे हाथों में बड़ी-बड़ी संडासियाँ लिए मज़दूर उन सलाखों को उसी गति के साथ उठा-उठाकर पास ही पानी की नालियों में पटकते जा रहे थे। नालियों का पानी बुरी तरह खौल रहा था और उनमें से गरम-गरम भाप उठ रही थी। आकार-प्रकार को देखकर ही जाना जा सकता था कि ये सलाखें उठानेवाले जीव मनुष्य हैं, वरना उनके भाव-शून्य चेहरे और मशीन की तरह निरन्तर खटखट चलते हाथों को देखकर मशीन का ही भ्रम होता था। शोख, हसीन और कमसिन छात्राओं की उपस्थिति भी उन मज़दूरों की गति में किसी प्रकार का व्यतिक्रम उपस्थित नहीं कर पाई। वर्षों से निरन्तर मशीनों के बीच काम करते रहने के कारण वे सावनी समाँ और वासन्ती बहारों को शायद भूल चुके थे। उनकी रगों का खून शायद जलकर राख हो गया था। जिन्दा रहने के लिए बड़ी तत्परता से वे मौत से खेल रहे थे। लड़कियों के चेहरे दया और भय से आक्रान्त हो उठे।

"हाय राम, कैसा खतरनाक काम है।" एक ने कहा। दूसरी ने

उससे भी अधिक सहानुभूति से कहा—"मैं तो इतनी दूर खड़े-खड़े भी भुर्ता हुई जा रही हूँ, ये पास रहकर कैसे काम करते होंगे?" एक ने खन्ना साहब से पूछा—"यह तो बड़ा ही खतरनाक काम है, ज़रा-सी चूक में सलाख सीधी टाँग पर ही आ गिरे।"

"जी हाँ, सो तो है ही। बहुत-सी दुर्घटनाएँ होती है। अभी कोई दो महीने पहले ही एक आदमी की दोनों टाँगें कट गईं।"

"तू...तू....सच? फिर भी ये लोग यह काम करने आते हैं, अपनी जान को जोखिम में डालकर?" किसी ने पिघलकर पूछा।

"काम करने। अरे, एक ही जगह खाली होती है तो पचासों टूट पड़ते हैं। आप जानती नहीं हमारे देश में इन्सान की जान बड़ी सस्ती है।"

"चलो बाबा यहाँ से। यहाँ तो अब देखा नहीं जाता।" इस वीभत्स दृश्य को देखना उन लोगों के लिए शारीरिक और मानसिक दोनों ही दृष्टियों से असह्य हो रहा था। वहाँ से चलकर उन्होंने एक-एक करके सब देखा कि किस प्रकार ताँबे के इन मोटे-मोटे बारों को पतला किया जाता है, फिर पैसे के आकार के गोल-गोल टुकड़े काटे जाते हैं, उन पर राजकीय मोहर और सन् की छाप पड़ती है, उन्हें साबुन और सोडे के पानी में धोकर साफ किया जाता है। फिर पाँच-सात आदमी बैठकर ढेरियाँ बनाकर अपने सधे हाथों से खोटे सिक्के चुनते हैं, और उन्हें बक़ौल खन्ना साहब, वापस मिन्ट में ही खपा दिया जाता है। और यह सब देखते-देखते लड़कियों के ताजे ग़मकते चेहरे क्लान्त होकर मुरझा गए। वहाँ पर उन लोगों के लिए चाय और जलपान की व्यवस्था भी थी। दो नौकर खन्ना साहब की आज्ञा की प्रतीक्षा में हाथ बाँधे खड़े थे। नाज नखरों से पली ये लड़कियाँ, जिन्हें कभी गरीबी या अभावों की छाया ने भी नहीं हुआ था, मज़दूरों की उस वीभत्स झाँकी को देखकर बड़ी आतंकित हो उठी थीं। बैठते ही पूछा—"इन मज़दूरों को तनख़्वाह क्या मिलती होगी?"

"साठ रुपए मासिक।"

"आदमी यों साठ रुपए की खातिर अपनी जान जोखिम में डाल देता है?" एक ने अपार आश्चर्य और दहशत से पूछा।

संसार को मात्र किताबों के द्वारा जाननेवाली इन अनुभवहीन छात्राओं की बुद्धि पर खन्ना साहब मुस्कुरा उठे। गद्दीदार कुर्सियों पर बैठकर रसगुल्ले और गरमा-गरम समोसे खाती हुई उन छात्राओं का दिल मज़दूरों की दुर्दशा पर करुणा से पसीजा जा रहा था। तभी बाहर से एक औरत के रोने की आवाज से बातों का क्रम टूट गया। खन्ना साहब की भौंहों पर सलवटें उभर आईं। परिस्थिति समझने के लिए वे कुर्सी से उठे ही थे कि एक मैले-कुचैले कपड़े पहने, आँख-नाक से पानी बहाती बुढ़िया भीतर चली आई और खन्ना साहब के पैरों पर गिर पड़ी। घृणा से खन्ना साहब ने पाँव खींच लिए। गुस्सा उनको इतना आ रहा था कि यदि ये कोमल शरीर और उससे भी कोमल दिलवाली लड़कियाँ उस समय वहाँ न बैठी होतीं तो उसके सिर पर कसकर लात जमा देते।

कड़ककर खन्ना साहब ने पूछा, "कौन है तू? यहाँ कैसे चली आई?" तभी रोकता-थामता चपरासी आ गया। उसने बताया कि दो महीने पहले जिस मज़दूर की दोनों टाँगें कट गई थीं, यह उसी की स्त्री है। स्त्री रोते-रोते सिर पटक-पटककर हाथ जोड़-जोड़कर कह रही थी--"उसे कोई छोटा-मोटा काम दे दीजिए सरकार, नहीं तो हम भूखों मर जाएँगे। बैठे-बैठे वह खोटे सिक्के चुनने का काम ही कर देगा।"

"दिमाग ख़राब हो गया है। जिसके दोनों टाँगें नहीं है वह क्या खाक काम करेगा? चलो हटो यहाँ से। मौके-बेमौके सिर खाने आ जाते हैं।"

"अब कहाँ जाएँ सरकार? बीस साल तक आप लोगों की नौकरी की, आपकी नौकरी में ही टाँग गई, अब कहाँ जाएँ सरकार? हम पर दया करिए, नहीं तो बाल-बच्चे भूखों मर जाएँगे।"

"नौकरी में टाँग गई तो मुआवजा नहीं मिल गया दो-सौ रुपए? अब क्या जागीर लिख दूँ उसके नाम? चपरासी, बाहर निकालो इसे।"

“मेरे आदमी को बेकार कर दिया... अब वह कहाँ जाए...उसे यहीं कोई काम दे दो हजूर...नहीं तो...।” पर वह वाक्य पूरा करती इससे पहले ही चपरासी उसे घसीट ले गया।

लड़कियों के चेहरों पर व्याप्त करुणा को देखकर खन्ना साहब के लिए सफ़ाई पेश करना ज़रूरी हो गया। बोले—“टाँगें कट गईं तो हमने दो-सौ रुपए मुआवजे के दे दिए। और हम कर भी क्या सकते हैं? यों इन लोगों को यहाँ बिठाना शुरू कर दें तो टकसाल अपंगों का अड्डा ही बन जाए। आए दिन ही तो यहाँ ऐसी दुर्घटनाएँ होती रहती हैं।”

इसके बाद बड़ी कुशलता से उन्होंने बात का प्रसंग बदलकर ऐसे चुटकुले सुनाना शुरू किया कि लड़कियाँ हँस-हँसकर दुहरी होने लगीं।

घुटन

प्रतिमा ने एकाएक महसूस किया कि हवा एकदम रुक गई है और उमस बढ़ रही है। उसने उठकर बेबी के ऊपर से चादर हटा दी, बेबी पसीने से भीग गई थी! क्या मौसम है यहाँ का भी, कभी एकदम ठंडक हो जाती है और कभी बुरी तरह उमस हो जाती है। इस पल-पल बदलते मौसम में ही तो बेबी की सेहत ठीक नहीं रहती।

शून्य नजरों से वह आसमान को देखने लगी। नीला स्वच्छ आसमान और बेशुमार छिटके हुए तारे। उसने सोचा लोग तारों-भरे आसमान के सौन्दर्य की बड़ी चर्चा करते हैं, पर जाने क्यों उसे आसमान पर ये तारे ज़रा भी अच्छे नहीं लगते। लगता है जैसे आसमान के मुँह पर घनी चेचक निकल आई हो। दूसरे ही क्षण अपनी इस घिनौनी कल्पना पर वह खुद ही घृणा से भर उठी। उसे लगा उसका सौन्दर्य-बोध धीरे-धीरे मरता जा रहा है। इन चार सालों में ही कितना परिवर्तन आ गया है उसके जीवन में—धीरे-धीरे शायद सभी कुछ मर जाए। उसने आसमान से नज़र हटा ली! करवट लेकर नीचे लॉन पर देखने लगी। सारी घास सूख गई। अब तो बारिश में ही हरियाली होगी! जब वह यहाँ आई थी, कितने जतन से अपने बगीचे को सजाती और सँवारती थी, पर अब उसका मन ही नहीं करता कुछ करने को।

"उँऽऽ—ममी—।" फिर कुछ अस्पष्ट-से स्वर! "यह बेबी नींद में भी बड़बड़ाती है, प्रतिमा ने उठकर उसे थपक दिया। वह सोचने

लगी—यह बेबी क्या सोचती होगी दिन में और क्या सपने देखती होगी रात में। बच्चों की दुनिया भी कैसी बेफिक्री की होती है। प्रतिमा कोशिश कर रही है पर सो नहीं पा रही है। सामने के लम्बे-लम्बे युकलिप्टस के दो पेड़ शान्त भाव से खड़े हैं। प्रतिमा को ये पेड़ बहुत पसन्द हैं। उसे याद है—उत्साह के क्षणों में उसका मन इन पेड़ों की डालियों में उलझ जाता है और वह घंटों निकाल देती है। उसने महसूस किया—नहीं, आज भी प्रकृति के प्रति उसकी भावना जीवित है, उसे वह जीवित ही रखेगी, मरने नहीं देगी—

एकाएक सिसकियों की आवाज़ उसे सुनाई पड़ी। पासवाले घर से आ रही थी। अक्सर आधी रात को सिसकी का स्वर वह सुनती है। वह जानती है यह मोना रो रही है। उसका दुख भी वह जानती है, पर क्या कर सकती है वह! सबकी अपनी-अपनी समस्याएँ हैं, सबका अपना-अपना दुख, कौन किसे सँभाले, कौन किसे तसल्ली दे। पर मोना सच पागल ही है, कौन-सा स्वर्ग पा जाएगी वह शादी करके? पर उसे कौन समझाए? उसकी माँ जाने क्यों उसकी शादी नहीं करती। एक बार उसकी इच्छा हुई बीच का दरवाजा खोलकर वह मोना के पास चली जाए, पर उससे लाभ? उसकी मौखिक सांत्वना उसकी समस्या को नहीं सुलझा सकती है, तब लाभ? प्रतिमा लेटी रही, पेड़ की हिलती डालियों को देखती रही, मोना का सिसकना सुनती रही।

कुछ देर में ही प्रतिमा का दम घुटने लगा। वातावरण की घुटन और बढ़ गई थी पर उससे कहीं अधिक घुटन वह अपने मन में महसूस कर रही थी। उसे लगा जैसे उसकी साँस रुक जाएगी, उसका दम घुट जाएगा। यह देखने के लिए कि उसकी साँस तो चल रही है, उसने एक दो बार लम्बी-लम्बी साँस खींची।

"कहीं यों भी दम घुटता है!" अपनी बेवकूफी पर वह आप ही हँस पड़ी। यों घुटता तो मोना शायद कभी की मर गई होती, शायद वह भी मर गई होती।

तीन दिन बाद उसका पति आएगा, पूरे एक साल बाद। फिर भी

वह अपने मन में कोई उत्साह नहीं पा रही है। शादी के इन चार वर्षों में याद करने लायक मधुर-क्षण उसके पास नाम मात्र को हैं। उसका पति नेवी में है और दूर-दूर देशों में वह जहाज पर घूमता रहता है। बस साल में एक बार एक महीने के लिए घर आता है। एक बार वह भी उसके साथ गई थी पर एक ही महीने में ज़िद करके लौट आई। उसका पति कहता है कि वह बड़ी दकियानूसी है, नीरस है। अपने दोस्तों के बीच भी वह उसे ड्राई-जिंजर कहा करता था। क्या वह सचमुच ही नीरस है। शायद उसके पति का कहना ही ठीक हो। वह चाहती है कि पति के अनुकूल बने, पर उसे वह सब ज़रा भी अच्छा नहीं लगता है, जो उसके पति को अच्छा लगता है। दोस्तों के बीच बैठकर लड़कियों के अंगों को लेकर अश्लील मजाक करना, पैग-पर-पैग चढ़ाना, यहाँ तक कि आँखों के डोरे सुर्ख हो उठें और जीभ ऐंठकर लड़खड़ाने लगे—और फिर रात में उस सारी मस्ती को, सारे सुरूर को... एकाएक प्रतिमा के बदन से पसीना चूने लगा, उसका गला सूखने लगा। उसने उठकर पानी पिया फिर भी तृप्ति नहीं हुई। गले की खुश्की ज्यों-की-त्यों बनी रही, वातावरण की घुटन और बढ़ गई, प्रतिमा के मन का अवसाद और गहरा हो गया।

दूसरे दिन उठकर उसने चाय बनाई, घर के सारे छोटे-मोटे काम करके बच्ची को तैयार किया, और उसके पासवाले नर्सरी स्कूल में छोड़कर वह अपने स्कूल चली गई! रोज की तरह बच्चों को पढ़ाया, कुछ को डाँटा, कुछ को पुचकारा, खाली घंटे में कॉपियाँ देखने बैठी तो हर कॉपी को देखने के बाद अनदेखी कॉपियों को एकबार गिनती, कितनी और बाकी हैं।

"क्यों मन अभी से बेचैन हो रहा है प्रतिमा रानी, ये दो दिन काटे नहीं कट रहे हैं क्या?" एक निर्जीव मुस्कान उसके होंठों पर फैल गई। एकाएक ही उसे लगा कि उसे इंतजार करना ही चाहिए, उसका पति जो आ रहा है, एक साल बाद आ रहा है, और एक महीने के लिए आ रहा है। वह आज ही जाकर घर ठीक करेगी, बगीचा ठीक करेगी,

छुट्टी के लिए अर्जी भी दे देगी। एक सप्ताह के लिए वह ज़रूर छुट्टी लेगी आखिर साल-भर बाद उसका पति जो आ रहा है। वह रग-रग में पति की बात को रमा देना चाहती है, पर जाने क्या है जो यह बात मन में टिकती ही नहीं। न मन उस बात को बाँधकर बैठ पाता है, न बात मन को बाँध पाती है। सारे प्रयत्नों के बाद भी बात बिखर-बिखर जाती है। फिर भी घर तो वह साफ करेगी ही!

घर पहुँची तो नौकरानी ने बताया, "अरूप बाबू आए थे। मोना बीबी के यहाँ बैठे हैं और कह गए हैं कि आप आएँ तो उन्हें बुला लें या वहीं चली जाएँ।

"अरूप को मुझसे क्या काम हो सकता है?" प्रतिमा ने सोचा और उसके चेहरे पर सलवटें पड़ गईं। अरूप मोना का प्रेमी है, मोना भी उसे प्रेम करती है, पर मोना की माँ नहीं चाहती कि मोना उससे ब्याह करे। मोना ब्याह कर लेगी तो उसके छोटे भाई-बहिनों को कौन पालेगा, बूढ़ी की तीस दिन में से उन्तीस दिन रहनेवाली बीमारी का खर्चा कहाँ से आएगा? एक माँ के लिए यह सब सोचना बड़ा अशोभनीय है, बड़ी नीचता है यह उसकी माँ भी जानती है, पर उससे क्या? स्वार्थ ही कहो पर व्यावहारिकता यही है कि जब तक छोटी बहिन कमाने लायक नहीं हो जाए, मोना अविवाहित रहे; फिर जब भाई कमाने लायक हो जाए तो छोटी बहिन भी विवाह करले। लड़की की बढ़ती उमर, प्रेम की कोमल भावनाएँ, पेट के आगे इतनी धुँधली पड़ गईं कि माँ की दिनोंदिन कमज़ोर होती आँखों से किसी तरह भी दिखाई नहीं देतीं! और मोना के ऊपर माँ का व्यक्तित्व कुछ इस प्रकार हावी हो चुका है कि वह चाहकर भी कुछ नहीं कर पाती! घर की समस्या, भाई-बहनों की समस्या के आगे उसका अपना व्यक्तिगत सौ-सौ बार हार चुका है। वह रात-रात रोती है, दिन-दिन घुलती और घुटती है पर इसके आगे कुछ नहीं। जब अरूप आता है तो वीराने में हरियाली अवश्य छा जाती है, पर बड़ी क्षणिक होती है वह हरियाली, वह तरावट, वह नमी, इसलिए जीवन उसका सूखा-का-सूखा ही रह जाता है।

चाय पीकर प्रतिमा अरूप के पास गई। उसने देखा बहुत धीरे-धीरे वह और मोना बातें कर रहे थे एक बार उसे लगा—आकर उसने अच्छा नहीं किया पर मोना उसे देख चुकी थी। मोना की सदा मायूस रहनेवाली आँखों में एक अनोखी चमक थी, यह शायद अरूप की उपस्थिति का प्रभाव था!

''आपने मुझे बुलाया?''

''ओह! प्रतिमाजी, देखिए आप निरंजन अहूजा को जानती हैं?''

प्रतिमा नाम सुनकर एक बार चौंकी, फिर बोली—''कौन निरंजन! जो हमारे कॉलेज में पढ़ता था? कहाँ है वह, आप उसे कैसे जानते हैं?''

''एक महीने पहले वह ट्रांसफर होकर यहाँ आया, कल पता नहीं बातों-ही-बातों में कैसे आपका जिक्र चल पड़ा तो बड़ा खुश हुआ, बड़ा ही खुश हुआ और बोला कि पहले कन्फर्म करके आओ कि यह वही प्रतिमा है न! अब तो वह आपसे कल ही मिलने आयेगा।''

''ज़रूर लेकर आइए, देखिए ज़रूर ही लेकर आइए,...मैं उससे मिलकर बहुत ख़ुश होऊँगी।'' प्रतिमा चल पड़ी।

''प्रतिमाजी, चाय पीकर जाइए न।'' मोना ने बुझे हुए स्वर से आग्रह किया।

''मैं पी चुकी चाय।'' प्रतिमा लौट पड़ी। वह उन दोनों के बीच व्यवधान बनकर नहीं रहना चाहती थी।

घर आकर प्रतिमा ने सोचा, घर ठीक कर डाला जाए। एक कमरा वह आज कर ले, एक कल कर लेगी, परसों उसके पति आएँ तो उन्हें ऐसा न लगे कि उनके स्वागत की किसी ने तैयारी नहीं की है। सबसे पहले उसने अलमारी खोलकर सारा सामान बाहर निकाला, पर पन्द्रह मिनट भी न हुए होंगे कि प्रतिमा ने महसूस किया जैसे उसका दम घुट रहा है। उसका सारा शरीर पसीने से तर हो गया। हवा एकदम शान्त थी और वातावरण की उमस बहुत बढ़ गई थी। सारा सामान ज्यों-का-त्यों छोड़कर वह बाहर लॉन में कुर्सी डालकर बैठ गई और पेड़ों की डालियों में उसकी नजरें खो गईं। वह नहीं चाहती थी कि उसका

मन पेड़ों की डालियों में अटके या कहीं और। वह इस समय मन-प्राण से अपने पति की बात सोचना चाहती थी, उनके आने के बाद एक महीना कैसे गुजरेगा, इसके अनेक काल्पनिक रोमानी रंगीन चित्रों में अपना मन खोना चाहती थी, पर मन था कि निरंजन में जा अटकता था। निरंजन उसका प्रेमी रहा हो सो बात नहीं, पर फिर भी एकबार उसके माँ-बाप की बड़ी इच्छा हुई थी कि उसका विवाह निरंजन से हो जाए। निरंजन सुन्दर था, होनहार था, और बड़े माँ-बाप का एक मात्र बेटा था—एक लड़की के माँ-बाप इससे अधिक और क्या चाहेंगे। पर जब एकाएक ही अपने माँ-बाप के बड़प्पन को किनारे रख निरंजन छात्रों के आन्दोलन का नेता बन बैठा और उसे दो साल के लिए 'रस्टीकेट' कर दिया गया तो उसके सारे गुण उनकी नजरों का भ्रममात्र बन गए और उन्होंने खुदा का लाख-लाख शुक्र अदा किया कि गैर-जिम्मेदार और आवारा लड़के के हाथों अपनी लड़की सौंपने से बच गए! उम्र होने पर भी उस समय प्रतिमा को इन बातों में विशेष दिलचस्पी नहीं थी। जब माँ-बाप के विचार उसके प्रति सदय थे तब वह भी उसे पसन्द करती थी, और जब एकाएक ही उनका रुख बदल गया तब माँ-बाप के साथ उसने भी अपने को खुशकिस्मत समझा। यह बनने-बिगड़ने की सारी बात एक महीने के छोटे से अर्से में ही हो गई थी—इसीलिए प्रेम जैसी कोई भावना उनके बीच आ नहीं पाई थी! जितनी स्वाभाविकता से उसने निरंजन को अपनाया था, उतनी ही आसानी से त्याग भी दिया। उसके बाद इंग्लैंड से लौटे हुए एक इंजीनियर से विवाह हो गया। वह अपने विवाह के समय बहुत खुश थी। उसके बाद चार साल बीत गए...

बेबी पड़ोसवालों की कुतिया का एक छोटा-सा बच्चा हाथों में बुरी तरह दबोचकर प्रतिमा के पास आ गई। प्रतिमा चिल्ला पड़ी..."बेबी, इतनी बुरी तरह पकड़ते हैं बच्चे को! ढीले हाथ से पकड़ों ग़र्मी के मारे यों ही दम निकला जा रहा है, तूने उसे और दबोच दिया।" बेबी सहम गई। प्रतिमा को हर काम में नजाकत पसन्द है, 'क्रूडनेस' उसे अच्छी

नहीं लगती और फिर इस ग़र्मी में...

उसे ख़याल आया, वह अलमारी का सामान बाहर निकालकर बिखेर आई है। वह उठी, पर निर्जीव और शिथिल थी उसकी चाल; एक मिनिट तक उस बिखरे सामान को देखती रही, पर उसका मन नहीं हुआ कि उसे जमा दे। वह क्या करें कि यह उमस कम हो। सर्दी वह कड़ाके की भी बर्दाश्त कर सकती है पर ग़र्मी में उसका रोम-रोम झुलस जाता है। शायद रात ठंडी हो जाए—तब वह रात में ही कमरा ठीक करेगी! वह फिर लॉन में जाकर बैठ गई। चारों ओर ऐसी निःस्तब्धता और सन्नाटा छाया हुआ था जैसे इस घुटन में सबका ही दम घुटकर रह गया हो। पेड़ की आड़ी-तिरछी छायाएँ अब लॉन की धुँधली चाँदनी में पड़ रही थीं।

प्रतिमा ने अपने ब्लाउज का नीचे वाला बटन खोल दिया और शरीर को स्त्रियोचित आकार देनेवाले वस्त्र को भी ढीला किया। फिर भी किसी तरह शान्ति नहीं मिली। आज क्या हो गया है उसे! बाथरूम में जाकर उसने ढेर-सारा पानी सिर पर डाला, पर पानी जैसे उबल रहा था। उसे लगा सब कोई उसकी ही भाँति उबल रहे हैं—घुट रहे हैं, जल रहे हैं, कहीं शीतलता नहीं, शान्ति नहीं। तभी उसकी नज़र पासवाले घर की छत पर गई, मोना दोनों हाथ सीने पर बाँधे घूम रही थी। प्रतिमा का मन अपनी बात से उसकी बात पर चला गया। उसकी बेबसी और अधूरी तमन्नाओं का ख़याल आते ही वह भर आई। वह नहीं समझ पाती कि ऐसी कौन-सी बेबसी है, कौन-सी मज़बूरी है जो वह अरूप से शादी नहीं कर पाती। कर ले शादी, जो होगा सो देखा जाएगा। पर वह जाने क्यों अपना मनचाहा कर नहीं पाती। सच ही तो है, दुनिया में उँगलियों पर गिनने लायक ही हैं जो अपना मनचाहा कर पाते हैं।

सामने एक कार धूल उड़ाती चली गई। प्रतिमा की आँखों के सामने धूल का एक हल्का धुँधला-सा बादल उठा और धीरे-धीरे विलुप्त हो गया। रात घनी होती चली गई और चाँदनी कुछ अधिक चमकीली।

अब पेड़ों की छायाएँ और स्पष्ट हो उठीं–पर कहीं शीतलता का आभास नहीं। आसमान के चेहरे पर फिर घनी चेचक घिर आई! प्रतिमा का जी मिचलाने लगा। नौकरानी ने लाकर बेबी को सुला दिया। उसने खाने को पूछा तो उसने इंकार कर दिया। मोना अपनी छत पर उसी मुद्रा में बैठी है, दोनों एक दूसरे को देखते हैं, पर कोई किसी से कुछ बोलता नहीं। वातावरण में छाए उस मौत के सन्नाटे को तोड़ने का जैसे किसी में साहस नहीं है। पेड़ भी शान्त भाव से खड़े हैं, बिना हिले-डुले, निस्तब्ध।

रात में करीब दो बजे जाने क्या सोचकर प्रतिमा कमरे में आई, पर घुसते ही उसे लगा जैसे वह भट्टी में आ गई है, उलटे पेरों लौट चली। मोना शायद सो गई थी, क्योंकि छत पर नहीं थी, पर वह कैसे सोए! तभी उसे ख़याल आया परसों! वह कल और बाहर लॉन पर सो ले, परसों उसका पति आएगा, वह तो उसे कभी बाहर नहीं सोने देगा। एक साल बाद वह आ रहा है और केवल एक महीने के लिए आ रहा है, केवल एक महीने वह प्रतिमा के पास रहेगा। यह बात उसका भूखा शरीर खूब अच्छी तरह जानता है, सो वह कभी उसे बाहर नहीं सोने देगा। यदि ग़र्मी ऐसी ही रही और उसे कमरे में सोना पड़ा और उसे... उसे...कल्पना मात्र से ही वह पसीने से भीग गई। उसका गला बुरी तरह सूख गया पर उससे यह भी नहीं हो सका कि वह उठकर पानी ही पी ले! उमस के मारे उसका सिर बुरी तरह चकराने लगा। आँखों के सामने नीले पीले हरे गोले घूमने लगे।

सवेरे के साथ-साथ उसके मन की बेचैनी कुछ दूर हुई। पर यह मौसम को क्या हो गया है? यों रातें यहाँ काफी ठंडी रहती हैं पर दो दिन से तो जैसे ठंडक का नाम नहीं। रात भर जागने के कारण उसका शरीर टूट रहा था। एक बार इच्छा हुई स्कूल न जाए, पर वह चली गई। सब काम किए, पर जैसे कुछ ज्ञान नहीं कि वह क्या कर रही है। बस कर रही थी, यही बड़ी बात थी। घर लौटी तो ख़याल आया, निरंजन आएगा। उसने कमरे को थोड़ा ठीक-ठाक किया, कुछ खाने का

सामान तैयार किया। हाथ मुँह धोकर कपड़े बदले। छः बजे के करीब अरूप निरंजन और उसकी पत्नी को लेकर आया और उन्हें छोड़कर मोना के यहाँ चला गया—प्रतिमा ने रोका भी नहीं। बड़ा उत्साह था प्रतिमा के मन में निरंजन से मिलने का, पर जैसे वह खुलकर मिल नहीं पा रही थी। बैठने के बाद प्रतिमा ने कहा—'दो दिन से क्या ग़र्मी पड़ रही है कि जैसे झुलसाकर रख देगी।' फिर उसे ख़याल आया कि उसे कोई ऐसी बात करनी चाहिए थी शुरू में, जिससे यह प्रकट होता कि वह उनसे मिलकर बहुत खुश हुई है, पर कुछ सूझा ही नहीं। निरंजन ने ही बातें शुरू की, पिछली बातें, कॉलेज की बातें। वह धड़ल्ले के साथ सबकुछ बताए जा रहा था, पर प्रतिमा को जैसे कुछ याद नहीं पड़ रहा था। जैसे उन सब बातों का सम्बन्ध उसके साथ था ही नहीं। वह क्या इतनी बदल गई है! उसका ध्यान निरंजन की पत्नी पर गया तो पूछ बैठी "विवाह कब किया, नीरू बाबू?"

"तीन साल हुए।"

"बच्चे नहीं है।"

"अभी तो बच्चों का प्रोग्राम नहीं है एक साल और—उसके बाद सोचेंगे।" निरंजन अपनी बात पर आप ही हँस पड़ा, पत्नी झेंप गई।

अभी उसकी पत्नी कितनी ताजी लग रही है—प्रतिमा ने सोचा। उसकी आँखों में कुँआरापन झलक रहा था—जैसे बड़े जतन से सहेजकर रखा गया है इस शरीर को। तभी उसे अपने शरीर का ख़याल आया, शादी के चार सालों में ही उसका शरीर ढीला पड़ गया था, सब ओर से गोश्त झूलने लगा था। उसका मन खिन्न हो उठा।

चाय चली, खाना हुआ, पर बातें कुछ जमी नहीं। निरंजन अकेला ही आखिर कब तक सँभालता। थोड़ी देर में वे चले गए। ठंडी, लम्बी साँस खींचकर प्रतिमा फिर आई। पेड़ों की डालियों में उसकी नजरें उलझ गईं। निरंजन का पतला, छरहरा शरीर उसकी आँखों में उभरने लगा। तभी अपेक्षाकृत एक विशाल शरीर ने उसे ढँक लिया। घनी भौंहें, घनी मूछें, कानों पर भी बाल के गुच्छे और उँगलियों के पैरों पर भी!

सीने पर बेबी के सिर से भी ज़्यादा बाल! पता नहीं क्यों शरीर के सारे अंगों पर बालों का यह बाहुल्य उसे अच्छा नहीं लगता। एकाएक ही उसे लगा जैसे ये सारे बाल काँटे की तरह उसके शरीर में चुभने लगे हैं, वह बुरी तरह कसमसा उठी। उसने उठकर एक ग्लास पानी पिया।

तभी मोना आई। अरूप चला गया था। पास बिछी चारपाई को प्रतिमा की कुर्सी के ज़रा नजदीक खींचकर वह चारों ओर देखने लगी, फिर धीरे-से बोली—"आपसे कुछ कहना है प्रतिमाजी!"

"कहो क्या कहना है? इस ग़र्मी के मारे तो सच जान निकल रही है।"

"ऐसी खास ग़र्मी तो नहीं है।"

"तुम्हें ग़र्मी नहीं लग रही है—मेरा तो दम घुटा जा रहा है। बोलो, तुम क्या कह रही थीं?"

मोना और पास सिखक आई। उसने एक बार फिर सशंक नेत्रों से चारों ओर देखा। बात शुरू करने के लिए अपने होंठ फड़फड़ाए, पर शब्द नहीं निकले। वह शायद समझ नहीं पा रही थी कि बात कैसे कहे? फिर एकाएक बिना किसी भूमिका के वह बोल पड़ी, बोली क्या, जैसे बिना किसी पूर्व योजना के शब्द उसके मुँह से फूट पड़े, "मैं कल रात अरूप के साथ भाग जाऊँगी, मैं अब और यहाँ नहीं रह सकती।"

विस्मय से प्रतिमा की आँखें फटी-की-फटी ही रह गई—"क्याऽऽ?"

"मैं कल रात को चली जाऊँगी—अम्मा को बहुत दुख होगा, आप ज़रा समझाना। मैं दूर रहकर भी मदद करूँगी पर अब यहाँ मैं रह नहीं सकूँगी, रही तो शायद घुटकर मर जाऊँगी।"

और बिना प्रतिमा का कोई उत्तर सुने वह उठकर चली गई। शायद किसी प्रकार का प्रतिवाद सहने की उसमें सामर्थ्य नहीं; वह बड़ी कमज़ोर मन की है, कहीं डिग न जाए।

प्रतिमा खोई नजरों से मोना का जाना देखती रही; अब उसे समझ में आया कि क्यों इस भयंकर उमस में भी मोना को आज ग़र्मी नहीं लग रही है।

दूसरे दिन प्रतिमा के पति आए। प्रतिमा ने देखा पिछले साल की अपेक्षा वह अधिक मोटे हो गए हैं। उसने मुस्कुराकर उनका स्वागत किया, बेबी को उन्होंने अपनी बाँहों में इतनी ज़ोर से भींचा कि वह रो पड़ी और प्रतिमा को लगा उसका दम घुट जाएगा। नन्ही-सी जान बेचारी! अपने साथ लाई हुई ढेर सारी चीज़ें वह दिखाते रहे। प्रतिमा निर्जीव-सी मुस्कुराहट होठों पर फैलाए उन्हें देखती रही। वही भद्दे मजाक करते रहे और खुद ही हो-हो कर हँसते रहे। खाने के पहले उन्होंने बोतल खोली और दो ग्लासों में ढाली तो प्रतिमा ने कहा—"मैं नहीं पीती, आप दो गिलासों में क्यों ढाल रहे हैं?"

"आज तो तुम्हें पीना ही होगा डार्लिंग, घर आने की खुशी में, मिलने की खुशी में आज तो मैं पिलाकर ही छोड़ूँगा।"

प्रतिमा की आँखों में भय की छाया डोल उठी। तेज दुर्गन्ध से उसका सिर फटने-सा लगा! यह ग़र्मी, यह दुर्गन्ध, यह ज़िद और उसके बाद का परिणाम! कुल मिलाकर प्रतिमा को लगा वह बर्दाश्त नहीं कर सकेगी, वह पागल हो जाएगी। जाने कैसे वह अपनी ज़िद पर डटी रही और उसका पति एक के बाद एक पैग चढ़ाता गया! एक साल बाद उसका पति घर आया था और उसके सामने बैठकर जाम पर जाम पी रहा था, और उसे शराब से बड़ी नफरत थी, पीनेवालों से बड़ी नफरत थी। पर यह सामने बैठकर जो पी रहा है, उससे वह नफरत नहीं कर सकती, वह उसका पति है, उसका सर्वस्व, जो साल में केवल एक महीने के लिए आता है। एक लम्बी सर्द आह उसके दिल से निकल गई।

रात का एक बजा था। पसीने से लथपथ शरीर को कुछ राहत देने का और कोई उपाय नज़र न आता देख वह बाथरूम जाने का बहाना करके बाहर निकली। वह एक बार खुलकर साँस लेना चाहती थी, स्वच्छ हवा में, जहाँ किसी के पसीने की दुर्गन्ध न हो, किसी के शराबी साँस की घुटा देनेवाली बदबू न हो। बाहर निकलते ही उसे ख़याल आया, आज मोना भाग गई होगी। कौतूहलवश वह चुपचाप छत पर

चढ़ गई उनके लॉन में झाँकने के लिए। पर यह क्या? अम्मा ताला लगाए दरवाजे पर अपनी खाट सटाए सो रही हैं। उनके अगल-बगल मोना के भाई बहिन सो रहे हैं और कुछ हटकर मोना सो रही है। उसकी आँखों पर उसका हाथ रखा है और थोड़ी-थोड़ी देर में उसका बदन सिहर उठता है, शायद वह रो रही है। अम्मा हमेशा कहा करती थीं कि घर में कोई भी घटना हो, उन्हें उसका पूर्वाभास हो जाता है। आज इस बात का प्रमाण भी उन्होंने दे दिया और घटती हुई दुर्घटना को केवल अपने आत्मबल से न होने दिया। तो मोना नहीं जा सकी। बड़ा दुख लगा प्रतिमा को। तभी अपने कंधे पर किसी फौलादी शिकंजे का अहसास हुआ प्रतिमा को और फिर पता नहीं वह कैसे घिसटती हुई नीचे चली आई!

बाहर सबकुछ शान्त था—ऐसा शान्त, ऐसा सन्नाटा जैसे सबकुछ मौन के साए में डूब गया हो। पेड़ों की, दीवालों की आड़ी-तिरछी काली छायाएँ मौनभाव से लॉन पर पड़ी थीं। वातावरण की घुटन अपने चरम को पहुँची हुई थी। और उससे भी अधिक घुटन थी प्रतिमा के मन में, जो पति की ज़रूरत से ज़्यादा मजबूत बाँहों में जकड़ी हुई तड़प रही थी मुक्ति के लिए, और शायद उससे भी ज़्यादा घुटन थी मोना के मन में, जो अपनी खाट पर पड़ी-पड़ी सिसक रही थी और जिसके अलसाए अंग तड़प रहे थे, कसमसा रहे थे किसी की बाँहों में जकड़ जाने के लिए।

हार

कल से रह-रहकर बचपन में पढ़ी एक कहानी याद आ रही है। ईसाइयों की एक पौराणिक कथा पढ़ी थी कि देवताओं ने शैतान को किसी अपराध के कारण मर्त्यलोक में ढकेल दिया। बहुत गिड़गिड़ाने पर एक शर्त रख दी कि जब मर्त्यलोक के सब प्राणी आकर उसकी मुक्ति की प्रार्थना करेंगे तभी वह शापमुक्त हो सकेगा। बेचारा शैतान दिलोजान से यह कोशिश करता कि संसार के सारे प्राणी उसकी मुक्ति की प्रार्थना करें, पर देवताओं के शाप के साए के नीचे दिन-रात वह लोगों को ईश्वर के खिलाफ़ भड़काया करता और लोग उसकी ओर आकर्षित हो ईश्वर से दूर होते जाते। जितना वह उन्हें ईश्वर के समीप लाना चाहता, उतना ही उन्हें दूर ले जाता और अपनी बेबसी पर मन-ही-मन घुटता, कुढ़ता पर कुछ न कर पाता। लगता है ऐसे ही किसी शाप की छाया मुझ पर भी पड़ी हुई है, नहीं तो कल जो कुछ हो गया वह क्या सम्भव था? कल से न जाने कितनी बार सोच चुकी हूँ कि इस बात को भूल जाऊँ, घोटकर पी जाऊँ, जिससे कोई जान भी न पाए, पर लगता है कि यदि इसे उगल न दिया तो यह बात ही मुझे पी जाएगी।

और कल की इस स्थिति तक पहुँचने के पहले कितना क्या कर आई हूँ, उसकी भी एक झलक दिखा ही दूँ। मध्यमवर्ग के परिवार की एक लड़की की तरह मेरा बचपन भी हँसते-खेलते, लाड़-दुलार की छाया में बीता। माँ-बाप की इकलौती बिटिया, और ज़िद और हठ जन्म के

साथी। घर में लक्ष्मी की असीम कृपा चाहे न रही हो, पर सरस्वती की अपार कृपा-दृष्टि थी और घर का सारा वातावरण ही साधारण परिवार से नितान्त भिन्न था। पिताजी अत्यन्त स्वतन्त्र प्रकृति के बुद्धिजीवी व्यक्ति थे, और स्वच्छन्दता मैंने उनसे विरासत में पाई थी। पिताजी यों किसी भी राजनीतिक दल के सदस्य नहीं थे, पर सभी दलों में बेहद दिलचस्पी रखते, और सबकी बड़ी खरी आलोचना भी करते थे। उनके पास नगर की विभिन्न पार्टियों के प्रमुख लोग रोज ही आया करते थे, घंटों बहसें हुआ करती। जब कभी दो विरोधी दल के लोग आ जुटते तब तो घर बहस का अखाड़ा हो जाया करता था। मैं जब नहीं समझती थी तब भी बराबर ऐसे समय में पिताजी के पास बैठा करती थी और जब समझने लगी तब तो उनकी अनुपस्थिति में भी लोगों को बिठाकर बातचीत, बहस, आलोचना करती थी। खून की ग़र्मी कहिए या उम्र का दोष...पार्टी की बातें मुझे बहुत अपील करती थीं और धीरे-धीरे मैं जान ही नहीं पाई कि मैं कब...पार्टी की मेम्बर बन गई और उसमें सक्रिय रूप से भाग लेने लगी। पिताजी को मेरे इस कार्य से कोई ऐतराज नहीं था—बस दो बातों के लिए वे सदा सचेत करते रहते थे—एक मैं अपनी पढ़ाई की उपेक्षा न करूँ; दूसरे, किसी भी पार्टी या वाद की सीमाओं से बँधकर अपने को इतना संकीर्ण न बना लूँ कि दिमाग़ के सब पर्दे ही बन्द हो जाएँ।

उनकी बातों का पालन कहाँ तक कर सकी सो तो खुदा ही जाने, पर इतना जानती हूँ कि जरा जिम्मेवारी का काम मिलने के बाद मुझ पर पार्टी का नशा-सा छा जाता था। बात यह सन '45 के अन्तिम दिनों की है। आजाद-हिन्द-फौज के करिश्मे पढ़-पढ़कर सारी जनता बावली हो रही थी। हड़ताल, जुलूस, सभाओं का बाजार ग़र्म था। कॉलेज के छात्र-छात्राओं में जोश का ऐसा ज्वार आया था कि बिना मतलब ही ब्लेड से अँगूठे काट-काटकर एक दूसरे के या नेताजी की तस्वीर पर खून का तिलक करते फिरते थे, और महसूस करते थे कि अपने इस हौसले के काम से आजादी की लड़ाई को उन्होंने एक क़दम और आगे

बढ़ा दिया है। कॉलेज के अधिकारियों की इच्छा के खिलाफ़ और सख्त हिदायत कर देने के बावजूद एक बड़ी सभा मैदान में हुई। सारी बात तो इस समय ठीक से याद नहीं, पर वक्ता महाशय की किसी बात का मैं बड़े ज़ोरों में विरोध कर उठी। वह मुझे शेर की तरह घूरने लगे और मेरे तर्क का उत्तर (जो कि शायद उनके वश के बाहर की बात थी) दिए बिना ही, मुँह पर अपार घृणा लाकर झिड़कते हुए कहा, "अब लड़कियों से राजनीति के मामले में बहस कौन करे—राजनीति की एबीसीडी भी तो जानती नहीं।"

"हाँ, राजनीति का ठेका तो आप लोगों ने ले रखा है न? भेड़िया धसान की भाँति काम करते हैं और राजनीति की डींग हाँकते हैं।" मैं बौखला उठी।

खैर, उनका जो कार्यक्रम था वह हुआ और खूब ज़ोर-शोर से हुआ। पर मेरे मन में लड़कियों की राजनीतिक बुद्धि को लेकर जो ताना दिया गया था, वह कुछ ऐसा चुभ गया कि मैं उसे कभी भूल न सकी। राजनीति को ही जीवन का क्षेत्र बनाने का जो संकल्प था वह दृढ़ से दृढ़तर हो गया। पर इस बात को मैंने महसूस किया कि सचमुच लड़कियों की राजनीतिक बुद्धि पर लोग अधिक विश्वास नहीं करते। हमारी पार्टी के कितने ही सदस्य इस बात को घुमा-फिराकर जब-तब मेरे कानों में पहुँचा ही दिया करते थे जिसे सुनकर मेरा खून खौल जाया करता था। जब कभी कोई बड़ी जिम्मेदारी का काम देने की बात चलती तो लड़कियों का नाम उस लिस्ट में से गायब हो जाता। अधिक बहस करो तो कहते, "लड़कियों की नेकनीयती पर सन्देह नहीं, पर जरा भावुक किस्म की होती हैं न, कहीं घर की याद आ जाए और रोने बैठ जाएँ तो सब चौपट हो जाए। इसके अतिरिक्त भी पचास तरह की झंझटें हैं लड़कियों को हर काम में साथ लेकर चलने में।" और यह सब सुनकर लगता कि या तो मैं पार्टी-वार्टी सब छोड़ दूँ या कुछ ऐसा कर गुजरूँ जिससे सदा-सदा के लिए इनका मुँह बन्द हो जाए। पर उस समय तो मैं दोनों में से एक भी काम नहीं कर सकी।

हार

तभी जीवन ने एक और मोड़ लिया। मैंने विवाह करने का निश्चय किया। सभी सोचते थे कि मैं अपनी पार्टी के किसी सदस्य से विवाह करूँगी, पर जब सबने देखा कि मैंने एक विरोधी पार्टी के सदस्य को अपना जीवन-साथी चुना है तो उनके आश्चर्य और कौतूहल का ठिकाना न रहा। पार्टीवालों ने तो ऐतराज भी किया पर मैंने साफ कह दिया कि यह मेरा व्यक्तिगत मामला है, जिसमें मैं पिताजी के अतिरिक्त और किसी को हस्तक्षेप करने का अधिकार नहीं देती। साधारण परिचय से कैसे यह व्यक्ति मेरे जीवन का अभिन्न अंग बन गया था, यह स्वयं एक लम्बी गाथा है, पर बिल्कुल मेरी अपनी। आप इतना-भर जान लें कि विवाह के पहले हमने खूब अच्छी तरह एक-दूसरे को परख लिया था। राजनीतिक विचारों का कट्टरपन पूरी तरह से एक-दूसरे पर जाहिर कर दिया था, और साथ ही यह भी साफ कर लिया था कि शादी के बाद भी हम बदस्तूर अपनी-अपनी पार्टियों का काम करेंगे और कभी भूलकर भी अपने विचार दूसरे पर लादने की चेष्टा नहीं करेंगे।

पिताजी इस विवाह को लेकर काफी सशंक थे, पर उन्हें दो वर्ष में ही अच्छी तरह आश्वस्त कर दिया कि मैंने यह चुनाव करके भी कोई ग़लती नहीं की। पार्टी के लोग तो यह समझे बैठे थे कि विवाह के बाद ही मैं पति का ग्रामोफोन रिकार्ड बनकर उनकी पार्टी के, उनके विचारों के गुण गाने लगूँगी, पर शादी के बाद भी जब मैं पहले की तरह ही, बल्कि और भी अधिक लगन से अपनी पार्टी का काम करने लगी तो सचमुच ही मैं सबके आश्चर्य का विषय बन गई। हम दोनों पति-पत्नी अपने-अपने विचारों पर इतनी दृढ़ता से विश्वास रखते थे भी। यह सम्बन्ध कि उसमें किसी प्रकार की बाधा उपस्थित नहीं कर सका। हाँ, कभी-कभी घर में बहस ज़रूर हो जाया करती थी पर वह गरमा-गरमी तक पहुँचे उसके पहले ही शेखर उसे मजाक का रूप देकर वातावरण के तनाव को कम कर देते थे। यों हम दोनों में अपार स्नेह था, पर पार्टी की गुप्त बातें हम कभी एक दूसरे को नहीं बताते। इस मामले

में हमारी एक सीमा थी, जिसका अतिक्रमण कोई नहीं करता। आश्चर्य तो यह था कि न हमारे काम में किसी प्रकार की शिथिलता आई, न हमारे सम्बन्ध में ही किसी प्रकार की कटुता। दोनों चीज़ें समानान्तर रेखाओं की भाँति अलग चल रही थीं—पर साथ-साथ, और कभी टकराती नहीं थी।

तभी चुनाव आ पहुँचे। आजादी के बाद का पहला चुनाव। बड़ा जोश था, बड़ी गर्मी। साल-भर पहले से ही सभी पार्टियाँ अपना-अपना रंग जमाने की कोशिशों में जुटी हुई थीं। जब व्यक्तियों के चुनने का सवाल आया तो पार्टी से मुझे खड़ा होने के लिए कहा गया। मैंने साफ इंकार कर दिया और कहा कि आप किसी और योग्य व्यक्ति को खड़ा कीजिए, उसे जिताने में मैं अपनी जान लड़ा लूँगी पर खड़ी मैं नहीं होऊँगी। खैर, सबकी राय से अन्त में अजीत मित्रा को टिकिट देने का निश्चय किया और चुनाव की तैयारी ज़ोर-शोर से आरम्भ हो गई। दो दिन बाद ही शेखर ने आकर बताया कि उनकी पार्टी की तरफ़ से वे खड़े हो रहे हैं—सुनकर ही मेरा माथा ठनका। मन का भाव चेहरे पर आ गया तो वे बोले—

"तुम्हें यह बात शायद अच्छी नहीं लगी!"

"नहीं, यह बात तो नहीं; सोच रही थी अभी तक तुम्हारी पार्टी की ही विरोधिनी थी, अब तुम्हारा भी विरोध करना पड़ेगा। तुम हारो यह भी नहीं चाहती, और तुम जीतों यह तो कभी भी नहीं चाहती। कुछ उलटा-सीधा हो जाए और तुम जबर्दस्ती ही बुरा मान जाओ तो ठीक नहीं।"

"अरे बुरा क्या मानना? फिर यह विरोध कोई मेरा विरोध तो होगा नहीं, क्योंकि मैं अपनी निजी हैसियत से तो खड़ा हो नहीं रहा हूँ। मैं तो पार्टी की ओर से, उसकी हैसियत से खड़ा हो रहा हूँ, सो वह विरोध तो पार्टी का ही होगा। और वह तो तुम शुरू से ही करती आई हो, कोई नई बात इसमें नहीं होगी। फिर बीसवी सदी के हर पढ़े लिखे स्त्री-पुरुष को इस बात की पूरी स्वतन्त्रता है कि वह अपने निजी

विचार रखे और उनको अमल में लाने के लिए तहेदिल से कोशिश करे।''

''तुम्हारी ऐसी उदारता देखकर ही तो मैं दिलोजान से तुम पर मर मिटी थी।'' और फिर जान-बूझकर ही हमने बातचीत का विषय बदल दिया।

करने को चाहे हम बड़े-बड़े आदर्शों की बातें कर गए, पर मैंने देखा कि ज्यों-ज्यों चुनाव की ग़र्मी बढ़ती जाती थीं, त्यों-त्यों मन में कुछ तनाव आता जा रहा था। एक दिन पार्टी के दफ्तर में बैठे-बैठे किसी ने ताना कस दिया कि मुझपर अधिक विश्वास नहीं किया जाए क्योंकि ''Blood is thicker than anything else.''

पार्टी के प्रति मैं चाहे कितनी ही वफादार होऊँ, आखिर पति तो पति ही है–फिर ऐसा पति, जिस पर मुझे नाज था, जिसकी मैं सदा भूरि-भूरि प्रशंसा किया करती थी। सुना तो आग लग गई। इच्छा तो हुई कोई कड़वी-सी बात कहकर मन का गुबार निकाल लूँ पर वहाँ तो कुछ कर नहीं सकी, गुस्सा निकाला घर आकर शेखर पर–

''कल हम लोगों ने एक बहुत बड़ी सभा का आयोजन किया है, तुम्हारी कसकर धज्जियाँ बिखेरनेवाली हूँ, कान खोलकर सुन लो अभी से, नहीं तो कल फिर भिनभिन करोगे।''

''अरे बाबा, तो कल सभा में धज्जियाँ बिखेरना, अभी से क्यों बिखेर रही हो?''

दूसरे दिन सचमुच ही उचित-अनुचित का विवेक खोकर अपने पति के खिलाफ़ ऐसा ज़ोरदार भाषण दे दिया कि ताना कसनेवाले मित्र को उसी समय आकर मुझ से क्षमा माँगनी पड़ी। उस भाषण की सफलता ने मेरा हौसला बढ़ा दिया, लोगों पर उसका काफी प्रभाव पड़ा। लोगों के पास सबसे बड़ी दलील यही थी कि हमारी पार्टी में ज़रूर ही कोई अच्छी बात है तभी तो सोने जैसे पति की निन्दा करते भी लड़की हिचकिचाई नहीं। नहीं तो औरत के लिए पति का विरोध करना कोई सरल काम नहीं। अब तो आए दिन सभाएँ होने लगीं–और मैं

खुलेआम अपने पति की पार्टी की और कभी स्पष्ट और कभी अस्पष्ट रूप से शेखर की बुराई करने लगी। भाषणों में जोश रहता था, और बोलने का ढंग ऐसा कि सुननेवाला एक बार तो मेरी बात का कायल हो ही जाता था। पार्टी के सभी सदस्य मुक्त-कंठ से मेरी प्रशंसा करते और मैं फूली फिर रही थी। व्यस्त इतनी हो उठी कि घर और पति की सुध लेने का समय ही नहीं रहा। शेखर भी अपने काम में व्यस्त और मैं भी; चार-पाँच दिन तक मिल भी नहीं पाते। जब साथ बैठने का अवसर आता तब भी बातचीत आजकल बन्द-सी ही हो गई थी। उनकी यह बेरुखी मुझे भाती तो नहीं पर मैं परवाह भी नहीं करती थी। मन में कभी कुछ कशमकश भी चलती तो यह कहकर समझा देती कि विचारों का संघर्ष है, यों हम आज भी एक-दूसरे को उतना ही स्नेह करते हैं।

चुनाव के कुल पन्द्रह दिन रह गए। इस कांस्टीट्यूएंसी में दोनों पार्टियों ने अपनी पूरी ताकत लगा दी थी। कोई अनुमान नहीं लगा सकता था कि परिणाम क्या होगा! टक्कर बहुत ज़ोरदार थी और फिर एक ओर पति और दूसरी ओर पत्नी के होने से सब लोगों के आकर्षण का केन्द्र बन गई थी। हमारी विरोधी पार्टी के पास साधन थे, सुविधा थी। वे लोग पानी की तरह पैसा बहा रहे थे जब कि हमारे कितने ही काम पैसे की वजह से रुके पड़े थे। कार्यकर्त्ताओं की कमी नहीं थी—लोग रात-दिन एक करके खून-पसीना बहाकर काम कर रहे थे, पर पैसा कहाँ से आए? एक-एक चुनाव के लिए जितना कोटा मिला था वह समाप्त हो चुका था बल्कि उससे अधिक ही खर्च हो चुका था, फिर भी पैसे की आवश्यकता बनी ही थी। आखिर निर्णय किया गया कि सब सदस्य ही सामर्थ्य-भर सहायता करें। यदि सम्भव हो सका तो पार्टी बाद में अदा कर देगी। मैं घर पहुँची। मेरी निजी सम्पत्ति कुछ भी नहीं थी, शेखर से माँगना भी उचित नहीं था। कोई और रास्ता न देखकर मैंने अपने पिता के यहाँ से मिले जेवरों का बक्स पार्टी के हवाले कर दिया। शेखर को भी यह बात मालूम पड़ी, पर वे बोले कुछ नहीं।

यों भी मैं जेवर पहनती नहीं थी। न शौक था, न आवश्यकता। फिर अभी तो जैसे जीने-मरने की बाजी लगी हुई थी, जेवरों की क्या बिसात!

दिन सरकते जा रहे थे और मेरा पागलपन बढ़ता जा रहा था। सवेरे जल्दी ही निकल जाती—घर जाकर लोगों को समझाना, बस्तियों में जाकर लोगों के मन में अपनी पार्टी के लिए सहानुभूति पैदा करना और उन्हें अपने पक्ष में करना, बस यही काम था। शेखर से बात किए भी कई दिन हो गए थे, पर वह सब कुछ मैंने उठाकर ताक पर रख दिया था। आखिर तीन दिन बाकी रह गए। शाम को मैं किसी काम से घर आई। देखा, शेखर भी बैठे हैं। किसी काम में व्यस्त थे। उन्होंने एक क्षण को मेरी ओर आँख उठाकर देखा, फिर बिना एक भी शब्द बोले अपना काम करने लगे। जाने क्यों, मुझे यह उपेक्षा चुभ गई। मैं भी चेहरे पर अत्यन्त लापरवाही का भाव लिए अपने कमरे में चली गई और खट से दरवाजा बन्द करके लेट गई। सवेरे से घूमते-घूमते पैर बुरी तरह दर्द कर रहे थे, उस पर से खाना-पीना भी समय पर नहीं हो पाता था सो आराम करने को जी ललक उठा। लेटी तो शेखर की वह उपेक्षित दृष्टि आँखों के सामने घूम गई। सोचने लगी, चाहे कोई कितना ही उदार हो, आखिर पुरुष-पुरुष ही है। वह बस यही चाहता है कि नारी उसी का अनुसरण करे। कहने को ये बड़ी-बड़ी बातें करते थे, पर जब मौका आया तो सहा नहीं गया—तभी किसी ने दरवाजा खटखटाया। सोचा शेखर ही होंगे, पर खोला तो देखा पार्टी का एक सदस्य खड़ा था। वह जल्दी में था और घुसते ही उसने कहा "सौ रुपए दे सकेंगी आप?"

"सौ रुपए? रुपए तो मेरे पास अब बिल्कुल नहीं है। जो कुछ जेवर थे वह भी दे आई।"

कहीं से इंतजाम भी नहीं कर सकतीं? इतनी ज़रूरत है कि क्या बताऊँ? रुपए न होने से बड़ी गड़बड़ हो जाएगी।"

तभी मुझे अपने एक हार की याद आई। विवाह के बाद शेखर ने

मुझे बड़े दुलार से वह हार लाकर उपहार-स्वरूप दिया था। पति के स्नेह में सने उस हार को निकालते समय एक बार मेरा हाथ काँप गया, पर दूसरे ही क्षण मैंने वह हार उसके हाथ पर रख दिया। हार लेते उसका मन वैसे ही गवाही नहीं दे रहा था, फिर यह सुनकर कि यह मेरे पति का प्रेमोपहार है उसे तुरन्त लौटाते हुए वह बोला, ''नहीं-नहीं, तब नहीं, रहने दीजिए और कहीं से देखूँगा।''

''अरे, क्या पागलों जैसी बात करते हैं आप भी। मैं इन थोथी भावुकता की बातों में जरा भी विश्वास नहीं करती!'' फिर इस समय तो मेरे मन में शेखर के प्रति आक्रोश भी भरा हुआ था, सो जबर्दस्ती हार देकर उसे विदा किया।

उसके जाते ही शेखर ने बुलाकर पूछा, ''वह हार दे दिया तुमने?''

''हाँ,'' मैंने तिनककर कहा—''हमारी पार्टी को रुपयों की सख्त ज़रूरत थी।''

''अरे मैं कोई सफ़ाई थोड़े ही माँग रहा हूँ, यों ही पूछ बैठा था।''

उनकी इस नरमाई से गुस्सा और बढ़ गया। मन-ही-मन कहा, सफ़ाई माँगो भी तो यहाँ कौन देने बैठा है?

दूसरे दिन पार्टी के दफ्तर गई तो चारों ओर मेरी प्रशंसा हो रही थी। कोई और समय होता तो उस प्रशंसा से मन फूल उठता, पर कल से जाने कौन-सा काँटा मेरे मन में रह-रहकर चुभ रहा था और मैं पूरी तरह खुश नहीं हो पा रही थी। मैं कब से शेखर की उपेक्षा करती आ रही थी, पर उस ओर से नितान्त बेखबर होकर बार-बार मुझे उनकी उपेक्षा का ध्यान आ जाता और मन सुलग उठता। बार-बार सोचती, जब परीक्षा का मौका आया तो सारा आदर्शवाद झड़ गया। ये पुरुष होते ही ऐसे हैं—अन्दर से कुछ, ऊपर से कुछ। मैंने तो शादी के पहले ही साफ-साफ कह दिया था कि दुनिया की कोई ताकत मुझे पार्टी से अलग नहीं कर सकेगी। अब पार्टी का काम करती हूँ तो इसमें मुँह फुलाने की क्या बात है? मैं तो मुँह नहीं फुलाती। यही सब सोचते-सोचते और काम करते-करते रात के साढ़े ग्यारह बज गए। कल

तो चुनाव ही था। सोचा, घर जाकर थोड़ी देर सो लिया जाए, क्योंकि दूसरे दिन सवेरे पाँच बजे से ही लोगों को लाने का काम शुरू करना था।

जैसे ही घर में घुसी देखा, शेखर के कमरे की बत्ती जल रही थी और वे अपने परम प्रिय मित्र से बातें कर रहे थे। मन में जाने कैसा कौतूहल हुआ बात सुनने का—शायद किसी रहस्य का ही उद्घाटन हो जाए। यह सोच मैं चुपचाप दरवाजे पर जाकर खड़ी हो गई। रोम-रोम कान बनकर अन्दर की बात सुनने लगा।

"पता नहीं क्यों तुम दो-तीन दिन से बड़े खिन्न दिखाई देते हो। अरे मुझसे शर्त बदलो, जीत तुम्हारी निश्चित है।" मित्र ने कहा।

"इसी का तो ग़म है भाई, मेरी जीत की सम्भावना ही मुझे खिन्न बनाए दे रही है। सोचता हूँ मैं हार भी गया तो उस लज्जा को सह लूँगा। पुरुष हूँ, और सहने का आदी। पर जीत गया तो दीपा का क्या होगा। तुम देखते हो पगली हो गई है इसके पीछे। वह हार का धक्का बर्दाश्त नहीं कर सकेगी और सच पूछो तो इसीलिए चाहता हूँ कि मैं हार जाऊँ।" बड़े हताश और बुझे हुए स्वर में शेखर ने कहा।

"क्या पागलों जैसी बातें कर रहे हो। उनको जब तुम्हारी कोई चिन्ता नहीं, तो तुम क्यों उनकी चिन्ता से यों ग़मगीन हुए बैठे हो? तुम्हारी निन्दा करने में वह पागलपन की सीमा तक उतर आई थी, यह भी याद है?"

"मुझे उसके इस पागलपन से ही तो प्यार है शर्मा। जब देखता हूँ कि लड़कियाँ भावुकता को परे रखकर किसी बात पर यों खुले दिमाग़ से सोच सकती हैं तो भारत के सुनहले भविष्य की तस्वीर आँखों में उतर आती है।"

इससे अधिक कुछ भी सुनना मेरे लिए असम्भव हो गया। रात कैसे बीती मेरा खुदा ही जानता है। पाँच बजे में अपने काम पर न जा सकी। ठीक आठ बजे विक्षिप्तावस्था में मैं अपना वोट जाने कैसे अपने पति की पेटी में डाल आई।

मजबूरी

"बेटू को खिलावे जो एक घड़ी,
उसे पिन्हाऊँ मैं सोने की घड़ी।
बेटू को खिलावे जो एक पहर,
उसे दिलाऊँ मैं सोने की मोहर।"

बूढ़ी अम्मा ज़ोर-ज़ोर से यह लोरी गा रही थीं और लाल मिट्टी से कमरा लीप रही थीं। उनके घोंसले जैसे बालों में से एक मोटी-सी लट निकलकर उनके चेहरे पर लटक आई थी, जो उनके हिलते हुए सिर के साथ हिलहिल कर मानो लोरी पर ताल ठोंक रही थी। बरतन मलने के लिए आई हुई नर्बदा ने जो यह देखा तो हैरत में आ गई, बोली–"अम्मा, यह क्या हो रहा है? कल तो गठिया में जुड़ी पड़ी थीं, दरद के मारे तन बदन की सुध नहीं थी और आज ऐसी सरदी में आँगन लीपने बैठ गईं।"

एक क्षण को अम्मा का हाथ रुका, फिर पुलकित स्वर में वे बोलीं, "अरी नर्बदा, मेरा बेटू आ रहा है कल!" फिर गाने के ही लहजे में बोलीं, "बेटू मेरा आवेगा..."

"ओहो तो रामेसुर लल्ला आ रहे हैं कल!" नर्बदा ने पूछा।

"मैं कह नहीं रही थी कि छुट्टी मिली नहीं कि वह दौड़ा आएगा। अम्मा के मारे तो उसके प्राण सूखते हैं! इतना बड़ा हो गया फिर भी यहाँ आएगा तो रात में एक बार मेरी गोदी में ज़रूर सोएगा। पर इस

बार मैं कह दूँगी कि चल मैं तुझे गोदी में नहीं लूँगी, अब तू गोदी में सोएगा कि बेटू...?" और वे हँस पड़ीं जैसे कोई भारी मजाक कर दिया हो। फिर एकाएक काम का ख़याल आ जाने से बोली, "ले री, मैंने खड़िया भिगो रखी है, जरा बाहर के आँगन को माँड दे। बस ऐसा माँडना कि सब देखते ही रह जाएँ। क्या करूँ आजकल हाथ काँपने लगा है, नहीं तो मैं ही माँड लेती!"

नर्बदा को खड़िया के काम में लगाकर वे फिर गाने लगीं :

"आओ री चिड़िया चून करो
बेटू ऊपर राइ-नून करो
नून करो–नून करो..."

ले मैं तो भूल ही गई–क्या है इसके आगे! रामेसुर छोटा था तो ढेरों याद थीं, उसके बाद तो छोटा बच्चा ही घर में नहीं रहा सो सब भूल गई। मेरा रामेसुर तो बिना लोरी सुने कभी सोता ही नहीं था, बेटू भी ज़रूर उसी पर होगा। "अब तो दौड़ता-फिरता होगा आँगन में।" और उनकी धुँधली आँखों के आगे जैसे दौड़ते फिरते बेटू के चित्र बनने-बिगड़ने लगे! उसी कल्पना में खोई-खोई वे बोलती गईं, "पहले बहू लेकर आई थी तब तो दो महीने का था, बस पालने में पड़ा-पड़ा हाथ पैर मारता था और मैं जाकर खड़ी हो जाती थी तो टुकुर-टुकुर मुझे ही निहारा करता था। सूरत भी एकदम रामेसुर पर ही पड़ी है उसकी। अब तो खुद देख लेना, सारा घर नापता फिरेगा।" और वे हँस पड़ीं। इन सब कल्पनाओं से ही रह-रहकर उनका शरीर रोमांचित हो रहा था।

अम्मा का काम समाप्त हुआ तो मिट्टी में सनी दोनों हथेलियों को जमीन पर पूरे ज़ोर से टिकाते हुए उन्होंने उठने का प्रयत्न किया पर एक सर्द आह-सी उनके मुँह से निकलकर रह गई। वे उठ नहीं पाई तो बड़े ही कातर स्वर में बोलीं, "अरे नर्बदा मुझे जरा उठा दे री, घुटने तो जैसे फिर जुड़ गए।"

"जुड़ेंगे तो सही। ऐसी सर्दी में जब से मिट्टी में सनी बैठी हो!

बेटे-बहू आ रहे हैं तो ऐसी क्या नवाई हो रही है, सभी के घर आते हैं।" और नर्बदा ने अम्मा को सहारा देकर उठाया, उनके हाथ धुलाए और खटिया पर लिटा दिया।

"तू भी कैसी बात करती है नर्बदा। दो बरस बाद मेरा बेटा आ रहा है, और मैं आँगन भी न लीपूँ?"

"दो बरस बाद आ रहा है तो मैं तो यही कहूँगी कि उनमें मोहमाया नहीं है। तुम यों ही मरी जाती हो उनके पीछे।"

"देख नर्बदा, मेरे रामेसुर के लिए कुछ मत कहना। यह तो मैं ही जानती हूँ कि दो-दो बरस मुझसे दूर रहकर उसके दिन कैसे बीतते होंगे, पर क्या करे, नौकरी तो आखिर नौकरी ही है। मेरे पास आज लाखों का धन होता तो बेटे को यों नौकरी करने परदेस नहीं दुरा देती, पर..." और उनके कुछ क्षण पहले पुलकते चेहरे पर मायूसी छा गई। आँखें अनायास ही डबडबा आईं।

नर्बदा यहाँ बरसों से काम करती है, अम्मा के लिए उसके मन में अपार श्रद्धा है पर बेटे के प्रसंग को लेकर वह जब-तब उनका दिल दुखा दिया करती है। कुछ और खरी-खोटी सुनाने का उसका मन हो रहा था, पर आज अम्मा पर तरस खाकर चुप रह गई। जब तक वह काम करती रही, अम्मा शून्य में ताकती जाने क्या सोचती रहीं, बोली एक शब्द भी नहीं। जब वह जाने लगी तो न चाहकर भी उन्हें कहना पड़ा—"तू जाते समय ग्वाले को कहती जाना कि कल दूध जल्दी दे जाए, और अब से दूध ज़्यादा लगेगा। बच्चेवाले घर में तो दूध पूरा ही रहना चाहिए। जब तक वे लोग यहाँ रहें तब तक तू भी चौका-बरतन करके यहीं रहा करना। घर में पाँच प्राणी रहते हैं तो काम तो निकल ही आता है, फिर बच्चे का साथ रहेगा। देने-लेने की चिन्ता मत करना, मैं रामेसुर को एक कहूँगी तो वह पाँच देगा।"

कुछ तो गठिया के दर्द ने और कुछ नर्बदा की बातों ने अम्मा का उत्साह तोड़ दिया। बहुत से काम उन्होंने सोच रखे थे पर वे कुछ न कर सकीं। बस अपनी खाट पर पड़े-पड़े भूली-बिसरी लोरियाँ याद

करके गुनगुनाती रहीं। धीरे-धीरे रात के अन्धकार में उनके मन की मायूसी भी डूब गई और वे भोर होने के पहले ही उठ बैठीं। घुटने का दर्द मन के उत्साह में खो गया, बेटे-पोते से मिलने की उमंग में मौसम की ठंडक भी जैसे जाती रही। सात बजते-बजते तो वे सब घर ही पहुँच जाएँगे। साथ छोटा बच्चा है, दूध तो गरम करके रख ही दूँ। फिर उन दोनों को भी चाय की आदत होगी, ऐसी सर्दी में चाय तैयार नहीं मिलेगी तो अम्मा को क्या कहेंगे भला? दूसरा चूल्हा भी जला दूँ, नहाने को गरम पानी भी तो चाहिएगा।

उस कड़कती सर्दी में ठिठुरते-ठिठुरते अम्मा ने बेटे-बहू को गरम करने के सारे आयोजन कर डाले। फिर सोचा—लगे हाथ तरकारी भी काट ही दूँ, नहीं तो वे इधर आएँगे और उधर मैं चूल्हे में सिर देकर बैठ जाऊँगी। बरसों में मेरा बेटा आ रहा है, घड़ी दो घड़ी उससे बात भी नहीं करूँगी? इनका क्या, ये तो अपने राजी-खुशी पूछकर औषधालय चल देंगे। तरकारी भी कट गई—अब क्या करें? अम्मा अपने को इतना व्यस्त कर देना चाहती थीं जिससे प्रतीक्षा के बोझिल क्षण महसूस न हों, पर समय जैसे बीत ही नहीं रहा था! तभी दूर कहीं घोड़ों के घुँघरुओं की आवाज आई और ताँगा अम्मा के घर के सामने रुका। अम्मा पागलों की तरह दरवाजे की ओर दौड़ पड़ीं। रामेसुर की गोद से उन्होंने झपटकर बच्चे को ऐसे छीना मानो किसी चोर-उचक्के के हाथ से वे अपने बच्चे को छीन रही हों और कसकर उसे सीने से चिपका लिया। चरण छूते हुए रामेश्वर की पीठ पर हाथ फेरते हुए दूसरे हाथ के घेरे में उसे भी लपेट लिया। बच्चा एकाएक इतना प्यार और शारीरिक कष्ट पाकर रो उठा और माँ के पास जाने के लिए मचलने लगा। वे उसके आँसू पोंछने लगीं तो उनकी अपनी आँखों से भी आँसू की धारा बहने लगी। पुचकारने पर भी जब बच्चा चुप नहीं हुआ तो बहू की ओर बढ़ाते हुए उन्होंने कहा, ‘‘अभी मुझे पहिचानता नहीं। एक बार मुझे पहिचानने लगेगा तो छोड़ेगा नहीं।’’ उपेक्षित-सी एक ओर खड़ी बहू ने बच्चे को ले लिया।

चाय-पानी हो गया और रामेश्वर नहाने चला गया तो अम्मा ने बहू को अकेले पाकर कहा, "ख़बर तो दी होती बहू कि तुम्हारे महीने चढ़े हैं, कितने महीने हैं?"

झेंपते हुए बहू ने उत्तर दिया, "यह भी कोई लिखने की बात थी अम्मा!" फिर जरा रुकते-रुकते कहा मानो कहने का साहस बटोर रही हो, "अम्मा, इस बार बेटू को आप ही रखेंगी। जैसे भी हो मैं यहाँ हूँ तब तक उसे अपने से हिला लीजिए। मैं तो इसके मारे ही परेशान थी, दो-दो को तो..."

अम्मा आँखें फाड़-फाड़कर ऐसे देख रही थीं मानो जो कुछ सुन रही हैं उस पर विश्वास करें या नहीं। फिर एकाएक बोल पड़ीं, "तुम क्या कह रही हो बहू, बेटू को मेरे पास छोड़ जाओगी, मेरे पास! सच? हे भगवान, तुम्हारी सब साध पूरी हो, तुम बड़भागी होओ। मेरे इस सूने घर में एक बच्चा रहेगा तो मेरा तो जनम सफल हो जाएगा।" फिर वे एकाएक रो पड़ीं, "तुम क्या जानो बहू! अपने कलेजे के टुकड़े को निकालकर मुम्बई भेज दिया। रामेसुर के बिना यह घर तो मसान जैसा लगता है। ये ठहरे सन्त आदमी, दीन-दुनिया से कोई मतलब नहीं। मैं अकेली ये पहाड़ जैसे दिन कैसे काटती हूँ सो मैं ही जानती हूँ। भगवान तुम्हें दूसरा भी बेटा दें, तुम उसे पाल लेना! पर देखो, अपनी बात से मुड़ना नहीं...मैं...मैं..." तभी रामेश्वर ने ठिठुरते हुए रसोई में प्रवेश किया, "अम्मा एक अँगीठी जरा इधर रख दो। मुम्बई में रहकर तो सरदी सहने की आदत ही नहीं रही। यहाँ तो नहाते ही जैसे जम गया।"

अम्मा ने अँगीठी रामेश्वर के पास सरका दी। तभी रामेश्वर का ध्यान अम्मा के कपड़ों की ओर गया, "यह क्या अम्मा, तुम कुछ भी गरम कपड़ा नहीं पहने हो! सरदी खा गई तो बीमार पड़ जाओगी। फिर तुम्हें गठिया की भी तो तकलीफ है, ऐसे कैसे चलेगा। न हो तो बनवा लो कपड़े, मैं रुपए दे दूँगा।"

पर यह सब अनसुना करके अम्मा बोलीं, "देख आज बहू ने कह

दिया है कि बेटू अब मेरे पास रहेगा, और अब जो बच्चा होगा वह तुम्हारे पास। तू कहीं टाल मत जाना, बात पक्की हो गई। आज से बेटू मेरा हुआ!"

"अरे हम सभी तो तुम्हारे हैं अम्मा, बोलो नहीं हैं?" परिहास के स्वर में रामेश्वर बोला।

"हो क्यों नहीं। मेरे नहीं तो और किसके हो। पर बेटू आज से मेरे पास रहेगा।" अम्मा ने कहा।

तभी वैद्यराज जी कुछ खाली शीशियाँ लेकर आए तो अम्मा बोली, "सुनते हो जी, इस बार बेटू यहीं रहेगा। बेचारी बहू खुद अभी बच्ची है, दो-दो को कैसे सँभालेगी? और फिर पहले बच्चे पर तो यों भी दादी का हक होता है।" उनके हाथों की गति बढ़ गई थी और वे अब उठने-बैठने में जरा भी तकलीफ महसूस नहीं कर रही थीं।

दोपहर को नर्बदा से भी कहा, "बहू के तो फिर बच्चा होनेवाला है, बेचारी दो-दो को कैसे सँभालेगी, सो मुझसे कहने लगी—अम्मा बेटू को तो तुम्हें ही रखना पड़ेगा। उसे कहने में बड़ा संकोच हो रहा था कि मुझे बुढ़ापे में तकलीफ होगी, पर तू ही बता, घर के बच्चे को रखने में कैसी तकलीफ भला! ऐसे समय में घर के ही लोग काम न आएँगे तो कौन आएँगे भला?"

इसके बाद घर में जो कोई भी आया उसे यही ख़बर सुनाई गई! अम्मा इस बात का इतना प्रचार कर देना चाहती थीं कि यदि अब किसी कारण से बहू का मन फिर भी जाए तो शरम के मारे ही वह अपना इरादा न बदल पाए। अम्मा का सारा दिन बेटू को खिलाने में और उसकी नोन-राई करने में ही बीतता! जाने कैसी-कैसी औरतें घर में आती हैं, तन्दुरुस्त-सुन्दर बच्चे को कड़ी नज़र से देख जाएँ तो लेने के देने पड़ जाएँ। बेटू को लेकर उनके शिथिल और नीरस जीवन में नया उत्साह आ गया था। घुटनों के दर्द के मारे कहाँ तो वे अपने शरीर का बोझ ही नहीं ढो पाती थीं और कहाँ अब वे बेटू को लादे फिरती हैं। शाम को उसके साथ आँख-मिचौनी खेलतीं। बेटू का घोड़ा बनकर

आँगन में दौड़ती फिरतीं। बेटू के साथ-साथ उनका भी जैसे बचपन लौट आया था। देखनेवाले अम्मा के पागलपन पर हँसते, पर इसकी उन्हें जरा भी चिन्ता नहीं थीं। रामेश्वर ने टोका, ''अम्मा, क्यों उसे लादे फिरती हो, यों ही तुम्हारे घुटनों में दर्द रहता है।'' तो बिगड़ पड़ीं, ''कैसी बातें करता है रामेसुर, इसमें भी कोई वजन है जो उठाना भारी पड़े। फूल जैसा तो हलका है, खाली-खाली दोनों बेला मिलते टोक दिया। माँ-बाप की नज़र ही सबसे ज़्यादा लगती है बच्चों को, तभी तो बेटू एक दिन ठीक नहीं रहता।''

निश्चित समय पर दूध पिलाना, शीशी में दूध भरना, बाद में उसकी सफ़ाई करना आदि सब काम अम्मा के लिए बिलकुल नए थे। उन्होंने तो रामेश्वर को अपने ढंग से पाला था। जब बच्चा रोया, झट दूध पिला दिया। दूध के लिए भी समय देखना पड़ता है, यह बात उनके लिए एकदम नई थी। दो साल तक तो उन्होंने रामेश्वर को अपना दूध पिलाया था, उसके बाद गिलास से पिलाती थीं। यह शीशी का नखरा उस जमाने में था ही नहीं, और होगा भी तो शहरों में। पर रमा से बड़ी लगन और तत्परता से एक जिज्ञासु विद्यार्थी की तरह उन्होंने यह सब भी सीखा। पति से ज़िद करके औषधालय की दीवार-घड़ी, जो पिछले बीस वर्षों से वहीं लगी थी उतरवाकर घर में लगवाई। उनके एकाकी जीवन में समय का कोई महत्त्व ही नहीं था। न पति को दफ्तर जाना रहता था, न बच्चों को स्कूल, जो समय पर कोई काम करना पड़े। पर अब एकाएक ही उन्हें घड़ी की आवश्यकता महसूस होने लगी थी। यों उनकी याददाश्त बड़ी कमज़ोर थी, पर दूध के समय उन्होंने जो याद किए तो कभी नहीं भूलीं। शुरू-शुरू में यह सब उन्हें बड़ा अटपटा-सा लगा था फिर भी वे सारा काम बड़ी सतर्कता से करतीं। शीशी से दूध भरते समय उनका बूढ़ा हाथ अक्सर काँप जाया करता था, और दूध बाहर को गिर जाता था। उस समय वे एक असफल विद्यार्थी की तरह सफ़ाई पेश करती थीं—''बहुत जल्दी सीख लूँगी बहू। जरा-सा हाथ काँप गया था, फिर शीशी का मुँह भी तो कितना छोटा है।'' उनका

कहने का भाव ऐसा होता मानो वे कर रही हों कि इस छोटी-सी ग़लती के कारण ही कहीं तुम बेटू को ले मत जाना!

बीस दिन बाद जब बहू ने अपनी माँ के घर प्रयाण किया तो बेटू ने न ज़िद की न वह रोया ही। बहू के कड़े नियन्त्रण के बाद दादी के असीम दुलार में रहना, जहाँ कोई बन्धन नहीं, अंकुश नहीं, बेटू को बड़ा अच्छा लगा। बहू चली गई, अम्मा ने निश्चिन्तता की एक साँस ली। महीना बीतते न बीतते ख़बर आई कि बहू के दूसरा भी लड़का हुआ है। अम्मा की छाती पर से जैसे एक भारी बोझ हट गया। संशय का एक काँटा जो रमा के जाने के बाद भी उनके मन में चुभा करता था, वह भी निकल गया। बेटू अब मेरा है, पूरी तरह मेरा है, यह भावना उस दिन जाकर पूरी तरह उनके मन में जम पाई।

जाने से पहले रामेश्वर ने अम्मा और पिताजी के लिए ढेर सारे कपड़े बनवाए थे। अम्मा सारे मोहल्ले की औरतों को दिखाती फिरतीं। जो कोई आता उसी से कहतीं, ‘‘अम्मा के पीछे तो बस रामेसुर पागल है, न आगे की सोचता है न पीछे की। उसका बस चले तो मुझ पर ही सारा घर लुटा दे। लाख मना करती रही, पर एक बात नहीं मानी। अब बुढ़ापे में ये छपी साड़ियाँ पहनकर कहाँ जाऊँगी, पर वह क्यों सुनने लगा?’’ यह सब कहते समय उनके झुर्रियों-भरे चेहरे पर चमक आ जाती, और वे आँखें मूँदकर अपने बेटे के चिरायु होने की कामना करतीं। जब रामेश्वर के जाने का समय आया तो उन्होंने रो-रोकर घर भर दिया। हिचकियाँ लेते हुए बोलीं, ‘‘देख रामेसुर, यह दो-दो बरस तक घर का मुँह न देखनेवाली बात अब नहीं चलेगी। साल में एक बार तो आ ही जाया कर मेरे लाल? नौकरी की जगह नौकरी है, और माँ-बाप की जगह माँ-बाप! मेरी तबियत भी ठीक नहीं रहती, किसी दिन भी आँख मुँदी रह गई तो मैं तेरी सूरत को भी तरस जाऊँगी। सो कम-से-कम अपनी इस बुढ़िया माँ को...’’ पर आगे वे कुछ नहीं कह सकीं, बस फूट-फूटकर रोने लगीं। आँसू-भरी आँखों से वे रामेश्वर के ताँगे को तब तक देखती रहीं, जब तक वह आँखों से ओझल नहीं हो गया। उसके बाद उन्होंने कसकर बेटू को अपनी छाती

से चिपका लिया।

दूसरे साल रामेश्वर नहीं आया, केवल रमा आई, शायद बेटू को देखने। पर बेटू को जो देखा तो उसका माथा ठनक गया। जिस बेटू को वह छोड़ गई थी, और जिसे अब वह देख रही है, दोनो में कोई सामंजस्य ही नहीं था। बात-बात में उसकी ज़िद देखकर रमा का खून खौल जाता। खाना वह दादी अम्मा के हाथ से खाता, और सारे दिन चरता रहता था। रात में सोता तो दादी अम्मा के दोनों अँगूठे पकड़कर सोता' कुछ न कुछ जब तक दादी अम्मा उसे लोरी नहीं सुनाती तब तक उसे नींद नहीं आती थी। सारे दिन दादी अम्मा की धोती का पल्ला पकड़कर उनके पीछे-पीछे घूमा करता, शाम को गली-मुहल्ले के गन्दे-गन्दे बच्चों के बीच खेलता। उसे देखकर कौन कहेगा कि यह एक पढ़ी-लिखी सभ्य लड़की का बच्चा है। घर के सामने से जो कोई भी फेरीवाला निकलता उससे बेटू को ज़रूर कुछ न कुछ खरीदना होता न दिलवाने से जमीन-आसमान एक कर देता, मचल-मचलकर सारे आँगन में लोटता!

आखिर रमा को जबान खोलनी ही पड़ी, "अम्मा, आपने तो इसे बिगाड़कर धूल कर रखा है, इस तरह कैसे चलेगा?"

दादी माँ ने हँसते हुए बड़े ही सहज भाव से कहा, "अरे बचपन में कौन ज़िद नहीं करता बहू! रामेसुर भी ऐसे ही करता था, यह तो सच हूबहू उसी पर पड़ा है। यही तो उमर होती है ज़िद करने की, साल दो साल और कर ले, फिर अपने आप सब कुछ छूट जाएगा!" और वे मुग्ध भाव से गोद में बैठे बेटू के बालों में अँगुलियाँ चलाने लगीं। रमा खून का घूँट पीकर रह गई। रमा की इच्छा हुई बेटू को अपने साथ ले जाए, पर एक साल का पप्पू ही उसे इतना परेशान करता था कि दोनों को एक साथ रखने का साहस नहीं हुआ। मुम्बई जाते ही उसने अम्मा के पास जरा खरी-खरी भाषा में पत्र पहुँचाने आरम्भ कर दिए। जैसे ही वह चार साल का हुआ, रमा ने लिख दिया कि अम्मा अब उसे वहाँ के नर्सरी स्कूल में भर्ती करवा दें, कम-से-कम कुछ तमीज तो

सीखेगा! चिट्ठियाँ पढ़ती तो अम्मा को लगता, बहू का तो दिमाग़ बौरा गया है। रमा के पत्र आते रहे और अम्मा का ढर्रा अपने ढंग से चलता रहा।

दो साल बाद फिर रमा और रामेश्वर अपने तीन साल के पप्पू को लेकर आए। पप्पू ने अंग्रेजी की छोटी-छोटी कविताएँ याद कर रखी थीं और बड़े अदब के साथ बोलता था। अभी दो महीने पहले ही रमा ने उसे वहाँ के अंग्रेजी स्कूल में भर्ती करवाया था। पर बेटू वैसा ही था, जैसा रमा उसे छोड़ गई थी। उम्र में वह ज़रूर बड़ा हो गया था, बाकी सब कुछ वैसा ही था! रमा उठते-बैठते रामेश्वर से कहती, ''जैसे भी हो इस बार बेटू को लेकर चलना ही होगा। यही हाल रहा तो इसकी ज़िन्दगी चौपट हो जाएगी। यह भी कोई ढंग है भला।''

''अम्मा को बड़ा दुख होगा, फिर बेटू तुम्हारे पास जरा भी तो नहीं आता, वह अम्मा को छोड़कर कैसे रहेगा? ये सारी बातें सोच लो!'' रामेश्वर इस प्रसंग को जैसे टालना चाहते थे।

''अम्मा के दुख की बात मैं मानती हूँ।'' रमा ने अपने आवेश को दबाते हुए कहा, ''पर जब उन्हें लिखा कि स्कूल में डाल दो तो वह भी तो उनसे नहीं हुआ। जैसे बताती हूँ, वैसे तो रखती नहीं। अब इनके दो दिन के सुख के लिए बच्चे का सारा भविष्य बिगाड़कर रख दूँ?'' उसका गला भर्रा आया था।

रामेश्वर बेचारा बड़े धर्म-संकट में था। उसे पत्नी की बातों में भी सार नज़र आता था और वह अम्मा की भावनाओं को भी ठेस नहीं पहुँचाना चाहता था, सो बिना कुछ निर्णय दिए सारी बात रमा पर छोड़कर वह मुम्बई लौट गया। रमा कभी मिठाई दिलाकर, कभी ताँगे में घुमाकर बेटू को अपने से हिलाने की कोशिश करने लगी। बेटू को ताँगे में घूमने का बेहद शौक था, जो कम ही पूरा होता था। अम्मा को कभी स्वप्न में भी ख़याल नहीं था कि रमा पप्पू के रहते हुए भी बेटू को ले जाने का प्रस्ताव रखेगी। जिस दिन उन्होंने सुना, उनके पैरों तले की जमीन सरक गई। जब रमा ने बेटू को उनके पास छोड़ने का

प्रस्ताव रखा था तब भी एकाएक उन्हें अपने कानों पर विश्वास नहीं हुआ था, ठीक उसी प्रकार ले जाने की बात पर भी उन्हें विश्वास नहीं हो रहा था। फिर भी काँपते स्वर में कहा, ''कैसी बात करती हो बहू! मेरे बिना वह पल-भर भी तो नहीं रहता। इतना बड़ा हो गया, फिर भी जब तक मैं कौर नहीं देती तब तक खाता नहीं, सो एकाएक मुझसे दूर कैसे रहेगा?''

''नहीं रहेगा तो थोड़े दिन रो लेगा, आखिर उसकी पढ़ाई का सिलसिला भी तो जमाना है अम्मा! देखो पप्पू स्कूल जाने लगा और यह अभी तुम्हारा पल्ला पकड़े-पकड़े ही घूमता है।''

''अरे पढ़ लेगा बहू, पढ़ लेगा! उमर आएगी तो पढ़ भी लेगा। यह मत सोचना कि मैं उसे गँवार ही रहने दूँगी। रामेसुर को भी तो मैंने ही पाला-पोसा है, उसे क्या गँवार ही रख दिया? फिर यह तो मुझे और भी प्यारा है। मूल से ब्याज ज़्यादा प्यारा होता है सो इसे तो मैं खूब पढ़ाऊँगी—तू ज़रा भी चिन्ता मत करना बहू...पर इसे ले जाने की बात की तो मैं...'' और वे फफक-फफककर रो पड़ीं।

रमा की आँखों में भी आँसू तो आ गए फिर भी उसने अपने पर काबू पाते हुए और स्वर को भरसक कोमल बनाकर कहा, ''मैं आपका दिल नहीं दुखाना चाहती अम्मा, पर आपके इस ज़रूरत से ज़्यादा प्यार ने ही तो इसे बिगाड़कर धूल कर दिया है। एक भी आदत तो इसमें अच्छी नहीं है। यदि आप सचमुच ही इसे प्यार करती हैं और इसका भला चाहती हैं तो इसे मेरे साथ भेज दीजिए, और इसके साथ दुश्मनी ही निभानी है तो रखिए इसे अपने पास।'' कहने के बाद ही रमा को लगा जैसे बहुत कड़ी बात वह कह गई है।

''मैं...मैं अपने बेटू के साथ दुश्मनी निभाऊँगी—मैं उसकी दुश्मन हूँ...मैं...मैं, तू मेरे प्यार की परीक्षा लेना चाहती है, पर ऐसी कठिन परीक्षा तो मत ले बहू, इससे तो तू मेरे प्राण ही ले ले!'' उनका रोना बदसूर जारी था लेकिन कुछ देर बाद उन्होंने अपने को सँभाला और स्वर संयत करके बोलीं—''ले जा बहू, ले जा। मेरा बेटू फूले-फले, पढ़-

लिखकर लायक बने, इससे बढ़कर खुशी की बात मेरे लिए और क्या हो सकती है? मेरा क्या है, मेरी चार दिन की ज़िन्दगी...उसकी हँसी-खुशी के लिए मैं तेरे बच्चे की ज़िन्दगी नहीं बिगाड़ूँगी। मैं अपढ़ गँवार औरत ठहरी, इसे लायक कहाँ से बनाऊँगी, तू इसे ले जा! कुछ दिनों को मेरी ज़िन्दगी में हँसी-खुशी आ गई इसी में तेरा बड़ा जस मानूँगी..." और रमा कुछ कहे उसके पहले ही उन्होंने रसोई घर में जाकर भीतर से किवाड़ बन्द कर लिए।

रमा को खुद इस सारी बात से बड़ा दुख हो रहा था, पर बच्चे की बात सोचकर वह निर्णय बदलने में अपने को असमर्थ पा रही थी। यही सोच-सोचकर वह अपने मन को तसल्ली दे रही थी कि समय का मरहम अम्मा के घाव को अपने आप भर देगा।

दो दिन बाद औषधालय के एकमात्र नौकर और दोनों बच्चों को लेकर रमा अपनी माँ के यहाँ चल पड़ी। बेटू को बताया ही नहीं गया कि रमा उसे अपने साथ ले जा रही है। रोज की भाँति ताँगे में घूमने के लालच से वह चला गया। जाते समय कह गया "दादी अम्मा, मैं तेरे लिए मिठाई और गोली लेकर आऊँगा।" दादी अम्मा ने उसे कलेजे से लगा लिया। एक बार उसकी इच्छा हुई कि वह बेटू को बता दे कि रमा उसे हमेशा के लिए उनसे अलग करके ले जा रही है, लेकिन मन कड़ा करके वे चुप रहीं।

उसके बाद जो भी कोई घर आया, अपार आश्चर्य से उसने पूछा, "अरे, बहू बेटू को ले गई? तुम तो कहती थीं कि बेटू अब तुम्हारे पास ही रहेगा।" अम्मा को लगा जैसे किसी ने उनके कलेजे पर गरम सलाख दाग दी हो। तिलमिलाकर जवाब देतीं—"कहती तो थी पर अब रखा नहीं जाता। गठिया के मारे मेरा तो उठना-बैठना तक हराम हो रहा है, ऐसी हालत में उसे कैसे रखती... सो मैंने ही कह दिया कि बहू अब पप्पू बड़ा हुआ सो बेटू को भी ले जाओ।"

"अरे अम्मा एक पल तो तुम उसे छोड़ती नहीं थीं, अब रह लोगी उसके बिना?"

"नहीं रह सकती तो भेजती ही क्यों? अब यह कोई बच्चे पालने की उमर है भला! जिसकी थाती उसी को सौंपी। बुढ़ापा है, कुछ भजन-पूजन ही कर लूँ। उसके मारे तो मेरा सबकुछ छूट गया था!" बड़े ही संदिग्ध भाव से अम्मा की इस दलील को औरतें स्वीकार कर पाती थीं। आज अम्मा के पास कोई काम नहीं था करने को, सो खाली आँगन में दर्दीले स्वर से एक लोरी गुनगुना रही थीं। शाम को गुब्बारेवाला आया, बुढ़िया के बाल वाला आया, खिलौने की मिटाई बेचनेवाला आया तो बुझे स्वर में अम्मा ने सबको यही जवाब दिया "जाओ भाई जाओ! आज तुम्हारा ग्राहक नहीं है। उसे मैंने उसकी अम्मा के साथ भेज दिया। अब यहाँ मत आया करो, कभी मत आया करो, कोई तुम्हारी चीज़ नहीं खरीदेगा!" कहते ही उनका मन तो सुबक उठता पर उनकी आँखों के आँसू जैसे सूख गए थे!

तीसरे दिन औषधालय का नौकर वापस आया तो सबसे पहले ख़बर दी कि दादी अम्मा को याद करते-करते बेटू को बुखार आ गया और वह उसे भरे बुखार में छोड़कर आया है। वह रमा के हाथ से न कुछ खाता है, न दवाई पीता है। अम्मा ने सुना तो ऊपर की साँस ऊपर और नीचे की साँस नीचे रह गई। वे पागलों की भाँति दौड़ती हुई औषधालय पहुँचीं, "अरे सुनते हो, बेटू रो-रोकर बीमार हो गया है। मैं तो पहले ही जानती थी कि वह मेरे बिना रहेगा नहीं, पर बहू को कौन समझाए। अब तो रात की गाड़ी से ही जाकर मुझे उसे लाना होगा वरना वह तो रो-रोकर प्राण दे देगा। हे भगवान, मेरी मति पर भी पत्थर पड़ गए थे जो बहू की बात मान गई!"

अम्मा रोती थीं और कपड़े ठीक करती जाती थीं। नर्बदा आई तो आश्चर्य से बोली, "कहाँ की तैयारी कर रही हो अम्मा?"

"अरे शिब्बू बहू को छोड़कर लौटा तो बताया कि बेटू ने तो रो-रोकर बुखार चढ़ा लिया। मैं तो भेजकर अपनी तरफ़ से निश्चिन्त हो गई थी, पर वह रह सकता है क्या? उसके तो प्राण मुझमें कुछ ऐसे पड़ गए थे कि क्या बताऊँ! कोई अगले जनम का संस्कार ही समझ।

अब जाकर लाना पड़ेगा नहीं तो छोरा रो-रोकर प्राण दे देगा।'' और गर्व और आनन्द से उनकी छाती फूल गई।

तीसरे दिन ही बेटू को लेकर वे लौट आईं। जिसने देखा उसी ने कहा—''अरे चार दिन में ही बच्चा सूख गया।''

''सूखेगा नहीं...कुछ तो खाया नहीं और एक पल को आँसू नहीं टूटा। मैं तो सोचती थी कि बहू के हवाले करके सुख से पूजा-पाठ करूँगी, पर अब यह रहता भी तो नहीं।''

एक साल उन्होंने इसी प्रकार और निकाल दिया। रमा मुम्बई से आई और फिर बेटू का वही रवैया देखा तो सोचा कि वह उसे सीधे मुम्बई ले जाती तो यह सारा कांड नहीं होता। अम्मा बम्बई तक आ नहीं सकती थीं। सो इस बार फिर एक बार दादी माँ को रुलाकर उनके मना करने पर भी वह बेटू को लेकर मुम्बई के लिए चल पड़ी। जाने किस आशा से अम्मा ने अपनी सारी जमा-पूँजी खर्च करके शिब्बू को साथ कर दिया। रमा मना करती रही कि अब दोनों बच्चे बड़े हैं, वह सँभाल लेगी पर अम्मा ने शिब्बू को साथ भेज ही दिया।

दूसरे दिन से जो कोई भी आता अम्मा उसी के सामने यह मनौती मानतीं कि किसी प्रकार बेटू रमा के पास हिल जाए तो वह सवा रुपए का परसाद चढ़ाएँगी! उच्च स्वर से वह रात-दिन रट लगाए रहतीं कि बेटू मुझे किसी तरह भूल जाए। पर सात दिनों के बाद जब शिब्बू लौटकर आया तो वे ऐसे दौड़ पड़ीं मानो वह बेटू को लेकर ही आया हो। झपटकर उन्होंने पूछा, ''मेरा बेटू कहाँ है? मेरा बेटू ठीक है शिब्बू, तुझे मैंने किसलिए भेजा था?'' उनका स्वर बुरी तरह काँप रहा था।

''इस बार तो अम्मा, बहूजी ने बेटू को हिला लिया। वहाँ बहूजी के मकान में बहुत सारे बच्चे हैं, उन सबसे दोस्ती हो गई सो खूब खेलता है। ट्राम, बस, बगीचे, झूले—इन सबमें उसका मन लग गया।'' शिब्बू ने बताया तो अम्मा शून्य-पथराई आँखों से उसे ऐसे देख रही थीं मानो कुछ समझ ही नहीं रही हों। शिब्बू कहे चला जा रहा था, ''चलो तुम्हारी चिन्ता दूर हुई। मैं तो अम्मा दो दिन इसी मारे ज़्यादा

रुक गया कि कहीं रोया तो अपने साथ लेता आऊँगा, पर इस बार बहूजी ने उसे समझा दिया और वह भी समझ गया। अब वहाँ जम जाएगा। अब तो तुम परसाद चढ़ाओ अम्मा और मजे से भजन-पूजन करो।''

एकाएक जैसे अम्मा की चेतना लौट आई, ''क्या कहा...बेटू मुझे भूल गया, वहाँ जम गया? सच, मेरी बड़ी चिन्ता दूर हुई। इस बार भगवान ने मेरी सुन ली। ज़रूर परसाद चढ़ाऊँगी रे, ज़रूरी चढ़ाऊँगी। मेरे बच्चे के जी का कलेश मिटा, मैं परसाद नहीं चढ़ाऊँगी भला!'' और फिर गीली आँखों और काँपते हाथों से उन्होंने जेब से सवा रुपया निकालकर शिब्बू को देते हुए कहा, ''ले, पेड़े लेता आ, अब परसादी चढ़ाकर बाँट ही दूँ। कौन नर्बदा? सुना नर्बदा, बेटू मुझे भूल गया—बस भूल ही गया...'' और उन्होंने आँचल से भर-भर आती आँखें पोंछी और हँस पड़ीं।

चश्मे

बरामदे के दरवाजों के आखिरी ताले को झटका देकर जब मिसेज वर्मा आश्वस्त हुईं तो उसी समय भीतर ड्राइंग-रूम की घड़ी ने साढ़े ग्यारह बजे का एक घंटा बजाया। बीच में रखी हुई ड्रेसिंग टेबिल से उन्होंने दूध का गिलास उठाया तो काली-सी परछाईं शीशे में उस समय तक दिखाई देती रही जब तक वे बरामदे की आखिरी सीढ़ी नहीं उतर गईं। लॉन की नमी को उन्होंने चप्पलों के पार भी महसूस किया। कैसी शान्ति थी! वर्गाकार लॉन के चारों तरफ़ की क्यारियों की फूल और मेंहदी की लाइनें चाँदनी में पड़ती अपनी परछाइयों के साथ ऐसी लगती थीं जैसे किसी ने हरे कैनवास पर चौखटा जड़ दिया हो। बीचोंबीच मसहरी लगी, पास-पास पड़ी दोनों चारपाइयों तक पहुँचते हुए मिसेज वर्मा को ऐसा लगा जैसे वे गहरे हरे पानी के बीच में बने संगमर्मर के दो द्वीपों तक जा रही हों। मिस्टर वर्मा टेबिल-लैम्प लगाए अपनी फाइलों में उलझे थे। काली-काली मोटी कमानियोंवाला चश्मा उनके आधे चेहरे को ढके हुए था। इतना बड़ा चश्मा मिसेज वर्मा को कभी अच्छा नहीं लगा, लेकिन मिस्टर वर्मा का तर्क था कि आँखें बहुत कमज़ोर हैं, और ज़्यादा पावर के मोटे-मोटे काँचों को पतली कमानियाँ सँभाल नहीं सकतीं। प्लेट में रखे हुए ग्लास को टेबिल-लैम्प की बगल में रखते हुए मिसेज वर्मा ने झुँझलाकर कहा—"इतनी अच्छी चाँदनी छिटकी है और तुम हो कि इस समय भी इन फाइलों से ही मगजपच्ची

कर रहे हो। परे करो इस फ़ाइल को।''

बिना कोई प्रतिक्रिया दिखाए मिस्टर वर्मा ने व्यस्त-सी–''हूँ!'' की और अपनी फाइलों में उलझे रहे। फिर सहसा चौंककर बोले–''बस, जरा ये एक पेज रह गया है, उसके बाद अभी रखता हूँ।''

''तुम्हारा पेज आज तक कभी ख़त्म हुआ भी है जो अभी होगा?'' मिसेज वर्मा ने खट टेबिल-लैम्प का स्विच दबा दिया। पहले तो मिस्टर वर्मा कुछ भी न देख पाए लेकिन फिर मसहरी के चँदोवे के नीचे बच्चू के बगल में बैठी शरारत के साथ मुस्कुराती हुई मिसेज वर्मा का चेहरा उनकी आँखों के आगे स्पष्ट हो गया। गोदी में दोनों हाथ रखे चारपाई की पाटी पर बैठीं हुईं मिसेज वर्मा दोनों पाँव हिला रही थीं। मानों कह रही हों–''पढ़ो, अब कैसे पढ़ते हो?'' मिस्टर वर्मा ने रुपहले अबीर से छाए आसमान को देखते हुए पूछा, ''आखिर आज बात क्या है?'' मिसेज वर्मा एकदम बोलीं, ''सुनो सुबह 'स्टेट्समैन' में जो ख़बर पढ़ी थी, दिन-भर मेरे दिमाग़ में घूमती रही।''

उँगलियों से माथा टटोलते हुए मिस्टर वर्मा ने अलसाए स्वर में पूछा, ''कौन-सी ख़बर? मुझे तो याद नहीं है!''

''अरे लो! सुबह इतनी तो बातें हुई थीं। वही, फाँसी पाए हुए कैदी से एक लड़की ने शादी कर ली है। मैं दिन-भर सोचती रही–आखिर उसने क्या सोचकर उससे शादी की? उसके मन में यह बात नहीं आई कि पन्द्रह दिन बाद ही उसे ज़िन्दगी-भर के लिए वैधव्य झेलना पड़ेगा।

सारा आलस्य छोड़कर मिस्टर वर्मा एक झटके के साथ उठ बैठे–''हूँह, बेवकूफी के सिवा और इसमें है क्या। तुम्हारे दिमाग़ को भी अधकचरी भावुकता की बातें ही अपील करती हैं।'' हाथ बढ़ाकर उन्होंने फिर स्विच ऑन कर दिया, और खुली पड़ी हुई फाइल की ओर मुड़े।

अप्रभावित मिसेज वर्मा अपने प्रवाह में कहतीं रही–''अधकचरी भावुकता? मैं भी तो यही सोचती रही दिनभर कि आखिर कैसी है यह

भावुकता जिसके बहाव में पूरी ज़िन्दगी को यों दाँव पर लगा दिया जाए। अच्छा देखो, मैंने इसी पर दोपहर में एक कहानी लिखी। सारी स्थिति को ऐसे ढंग से रखने की कोशिश की है कि तुम भी मान जाओगे।'' और उन्होंने झुककर झट तकिए के नीचे रखे मुड़े हुए कागजों को बाहर निकाल लिया। बोलीं, ''इस कहानी का हीरो आतंकवादी क्रान्तिकारी है।''

लेकिन जब मिसेज वर्मा ने देखा कि मिस्टर वर्मा तो फिर अपनी फाइलों में डूब गए हैं तो उनका मन हल्की झुँझलाहट से भर गया। कहा–''तुम मुझे दस मिनट का समय भी नहीं दे सकते हो? आखिर कितनी ज़रूरी हैं ये फाइलें?''

मिसेज वर्मा उठीं और मिस्टर वर्मा के पीछे जाकर शरारती बच्चे की तरह उनका मोटे शीशोंवाला चश्मा उतार लिया, जिसके बिना वर्मा साहब काफी असहाय हो जाते हैं।

''अरे यह क्या कर रही हो?''

''अब तुम्हें मेरी कहानी सुननी ही पड़ेगी। तुम चाहे इस घटना को महज बेवकूफी कहो, पर मैं दावे के साथ कह सकती हूँ कि मेरी कहानी सुनने के बाद निश्चय ही तुम अपनी राय बदल दोगे।''

वर्मा साहब को लगा जैसे एकाएक उनका जी मिचला रहा है। बड़ी बेचैनी के साथ बोले–

''आज दूध कैसा था? जी जाने कैसा-कैसा हो रहा है।''

''दूध में तो कुछ भी नहीं था। मैंने भी अभी-अभी पिया, मुझे तो कुछ नहीं हो रहा।'' कहानी सुनाने को अधीर मिसेज वर्मा बोलीं और कहानी लेकर बैठ गईं। बिना चश्मे के मिस्टर वर्मा ने अपनी उँगलियों से अपनी आँखें बन्द कर लीं, फिर अधलेटी मुद्रा में वे कहानी सुनने लगे। उन्होंने आँखें खोलीं तो देखा, चाँदनी की चमक बहुत धुँधली पड़ गई है। उन्हें लगा जैसे धुंध की एक परत सारे वातावरण पर छा गई है और आसपास का सभी कुछ बड़ा धुँधला, बड़ा अस्पष्ट हो उठा है। हाथों में कागज लिए सामने बैठी मिसेज वर्मा की धुँधली

आकृति और भी धुँधली हो गई–होती गई और एकदम गायब ही हो गई। मिसेज वर्मा के हल्की झुर्रियोंवाले साँवले चेहरे की जगह एक कमनीय, कमसिन-सा गोरा-चिट्टा चेहरा उभर आया–फूल-सा खिला हुआ।

"कहो गीत पसन्द आया?" पुस्तक बन्द करते हुए शैल ने पूछा।

"धत्तेरे की, ऐसी चाँदनी रात में ऐसा नीरस गीत!" निर्मल ने चिढ़ाते हुए कहा।

"जाओ, आगे से तुम्हें कभी गीत नहीं सुनाएँगे।"

"तो कहा किसने था तुम्हें गीत सुनाने को!"

शैल का फूला हुआ मुँह एकाएक ही कुछ याद आ जाने से खिल पड़ा।

गुस्सा भूलकर चोटी को अँगुलियों में लपेटते हुए एक नटखट बच्चे की तरह वह बोली–

"एक ख़बर सुनाऊँ तुम्हें? देखें तुम कहाँ तक गैस कर सकते हो?"

"मुझे क्या मालूम तुम क्या सुनाओगी? मैं क्या कोई ज्योतिषी हूँ।"

"बस हार गए अभी से?"–और वह खिलखिला पड़ी, "अरे कुछ तो अन्दाज भिड़ाओ, दिमाग़ लगाओ, शुरू में ही हाथ पैर पटक दिए?"

"सुनाना हो तो सुनाओ, नहीं तो अपने पेट में रखो। हमें नहीं सुनना तुम्हारी बात।"

"कैसे नहीं सुनना है मि. निर्मल वर्मा!" ठुनकते हुए शैल बोली–"सुनना ही पड़ेगा, फिर बात कोई हमारे अकेले की तो है नहीं। तुम्हारी भी तो है..."

"–अच्छा बताएँ–पापा ने अगले साल गर्मियों में शादी तय कर दी है–23 मई।" और उसके गालों में गुलाब खिल आए।

अरे, तुम्हारा ध्यान कहाँ है?'' मिसेज वर्मा ने शून्य में खोए हुए मि. वर्मा की ओर देखकर कहा।

''हूँ!'' स्वर जैसे कहीं दूर घाटियों से टकराकर आया।

''देखो, ध्यान से सुनना। इसकी एक-एक बात मार्क करने लायक है।''

''हाँ! हाँ! तुम पढ़ो, मैं सुन रहा हूँ—खोए से स्वर में मि. वर्मा बोले।

मिसेज वर्मा ने अपनी कहानी के टूटे हुए सूत्र को जोड़ते हुए कहानी पढ़ना आरम्भ किया—

''मैंने कितनी बार कहा लीला, तुम यहाँ न आया करो! मैं आज तक नहीं समझ पाया कि मुझ में ऐसा कौन-सा आकर्षण है जो तुम यों सुध-बुध भूलकर अपने को वारे बैठी हो। जिसका हर पल खतरे से भरा हो उस व्यक्ति के जीवन से तुम्हें क्या मिलेगा? हम लोगों की ज़िन्दगी का क्या ठीक है—आज पुलिस ने घेर लिया, कल फाँसी। कदम-कदम पर खतरा...''

''कैसी बातें करते हो, तुम यदि बड़े से बड़ा खतरा झेल सकते हो तो क्या मैं नहीं झेल सकती? मुझे इतना पराया समझते हो?''

''देखो लीला! मैं बड़े से बड़ा खतरा उठा सकता हूँ, पर नहीं चाहता कि दुःख की एक हल्की-सी लौ भी तुम्हारे तन-मन को झुलसाए—तुम्हारा छोटा-सा दुःख भी शायद मुझसे बर्दाश्त न होगा। इसीसे कहता हूँ—तुम यहाँ मत आया करो—मत आया करो!''

मिस्टर वर्मा को लगा जैसे मिसेज वर्मा के शब्द निस्तब्ध शून्य वातावरण में खोते चले जा रहे हैं। जाने कहाँ से आती हुई ध्वनियाँ उनके कानों से टकराने लगीं।

''तुम यहाँ मत आया करो, शैल, जानती हो मुझे चिकन-पॉक्स है। कहीं

तुम्हें भी हो गया तो...?"

"धत्! पागल कहीं के!...और हो जाए तो हो जाए। इस डर से क्या मैं तुम्हारे पास आना छोड़ दूँ? मेरा वश चलता तो तुम्हें अपने घर ले जाकर रखती, पर छोटी ममी छूत-छात मानती हैं—इसी से कहने की हिम्मत नहीं होती।"

"छूतछात की बीमारी में परहेज तो रखना ही चाहिए।—अच्छा उठो, मेरे बिस्तर पर तो मत बैठो।"

"मैं तो यहीं बैठूँगी! मैं तुम्हारी जगह होऊँ और तुम मुझसे ऐसा परहेज करो तो तुमसे बात भी न करूँ।" और वह बड़े प्यार से बालों में अँगुलियाँ डालकर सहलाने लगी। निर्मल के बदन की जलन पर मानो किसी ने ठंडी चीज़ का लेप कर दिया। एक घंटा बिताकर वह गई तो आधी बीमारी अपने साथ लेती गई। दूसरे दिन ढेर सारे फल और फूलों के साथ वह आई और बोली—"तुम्हारे पिताजी की स्वीकृति का पत्र तो आ गया पर वे चाहते हैं कि तुम अच्छे होते ही एक साल की ट्रेनिंग के लिए चले जाओ। बोलो जाओगे?" उसका उत्तर सुनने के लिए शैल की आँखें निर्मल के चेहरे पर टिक गईं, अनार छीलते हुए उसके हाथ जहाँ-के-तहाँ रुक गए। अपने नेत्रों से शैल के गालों को दुलारते हुए निर्मल ने कहा, "मन नहीं होता तुमसे दूर होने का। यहाँ हूँ तो रोज मिल तो लेते हैं, और तुम्हें कैसे बताऊँ शैल! यह मुलाकात मेरे जीवन का आवश्यक अंग बन गई है, जिसके बिना अब मैं शायद रह न सकूँ।" अनार के लाल दानों को अपनी गुलाबी उँगलियों से निर्मल के मुँह में डालते हुए शैल ने पूछा, "तब पिताजी को क्या लिखोगे?"

अनार की प्लेट को अपनी ओर सरकाते हुए निर्मल ने कहा— "लाओ, मैं खुद खा लूँगा"—और वह बैठने का प्रयास करने लगा।

"क्यों, मेरे हाथों से क्या अनार की मिठास जाती रहती है?"— और प्लेट उसने वापस खींच ली।

"पगली!" निर्मल फिर लेट गया। थोड़ी देर तक बड़े भावपूर्ण नेत्रों

से घूमते हुए पंखे को निहारते हुए बोला—"पिताजी के सामने कुछ-न-कुछ बहाना तो बनाना ही होगा शैल, पर मैं यहाँ से कहीं न जाऊँगा।"

मन-ही-मन निहाल होते हुए शैल ने बड़ी अदा से आँखें नचाते हुए कहा—"हाय राम! इतने बड़े होकर झूठ बोलोगे!" और अपनी ही बात पर वह खिलखिलाकर हँस पड़ी।

बच्चू के चीख पड़ने से मिस्टर वर्मा के कानों में पड़ती हुई खिलखिलाहट की ध्वनि जाने कहाँ खो गई! खीझकर बोले—"अरे पहले उसे तो चुप कराओ।" उन्हें लगा जैसे कोई बहुत ही सुन्दर स्वप्न वे देख रहे थे, जो इस बच्चे के रोने से ही बिखर गया।

मिसेज वर्मा उठीं। बच्चू को थपककर सुलाते हुए बोलीं—"यह नींद में जाने क्या-क्या देखता है। हर रोज एक-दो बार इसी तरह चीख पड़ता है।"

बच्चे को चुप कराकर मिसेज वर्मा ने कागज उठाया और फिर कहानी पढ़ने बैठ गईं। पर आँखें मूँदे वर्मा साहब अपने मे ही लीन उस बिखरे सपने के टूटे हुए सूत्र को खोज रहे थे। लेकिन बच्चू के रोने में खिलखिलाता हुआ जो चेहरा खो गया, सो खो ही गया। लाख प्रयत्न करने पर भी वह फिर नहीं उभरा। उसकी जगह एक कुम्हलाया हुआ चेहरा उनकी आँखों के आगे घूम गया।

"—यह क्या शैल! तुम्हे तो बुखार लग रहा है।" शैल के गाल को छूते हुए निर्मल ने कहा।

"जाने क्यों, शाम को रोज ही ऐसा लगता है। बड़ी थकान भी लगती है, पर कभी टेम्प्रेचर लिया नहीं।"

"कितने दिनों से ऐसा रहता है?"

"करीब महीना-भर होने आया।"

"बड़ी मूर्ख हो तुम!" और ड्रेसिंग टेबिल की दराज में से थर्मामीटर

निकालकर उसने शैल के मुँह में लगाया।

इसके बाद डॉक्टर, दवाई, अस्पताल, ऐक्सरे।

ममी निर्मल को समझा रही हैं, "मैं कहूँगी तो शैल और ये दोनों ही सोचेंगे कि मैं सौतेली माँ हूँ सो ऐसा कह रही हूँ, इसलिए तुम उन्हें समझाकर शैल को सेनिटोरियम में भेजने की व्यवस्था करवा दो।"

"पर ममी अभी डॉक्टरों ने निश्चित राय तो दी नहीं है कि टी.बी. ही है। अभी तो उन लोगों को केवल सन्देह मात्र है। इस स्थिति में यदि उसे सैनिटोरियम में भेजा जाएगा तो जरा सोचो, उसके मन पर कितना ख़राब असर पड़ेगा।"—

लेकिन जल्दी ही डॉक्टरों का सन्देह निश्चय में बदल गया और ममी का अनुरोध निर्णय में। पिताजी ने थोड़ी ना-नुकुर की पर शैल ने बिना किसी विरोध के ममी का निर्णय मान लिया और सैनिटोरियम में भर्ती हो गई।

सैनिटोरियम के लम्बे अहाते को पारकर निर्मल पीछेवाले लॉन में पहुँचा। आराम कुर्सी पर बैठी शैल की पीली निस्तेज आँखों में चमक आ गई।

"तुम्हें रोज इतनी दूर आने में तकलीफ होती होगी न?"

"नहीं तो, जरा भी नहीं।"

"हो, तब भी आया करना। सच कहती हूँ मैं सारा दिन इसी आसरे काटती हूँ कि तुम शाम को आओगे। आ जाते हो तो बड़ा हल्का-हल्का लगने लगता है, मानो मैं बिल्कुल स्वस्थ हूँ।

शैल के बालों में उँगलियाँ चलाते हुए निर्मल ने कहा—"तुम सोचती हो कि मिलने की उत्सुकता केवल तुम्हीं में है। जब से तुम यहाँ आई हो, किसी काम में मन नहीं लगता। शाम हुई न हुई, मैं दौड़ पड़ता हूँ।"—फिर शैल की लम्बी पतली उँगलियों में अपनी उँगलियाँ फसाते हुए निर्मल ने कहा, "जाने क्यों मेरा मन हर घड़ी

कहता है कि तुम्हें टी.बी. नहीं हो सकती है? जिन कारणों से टी.बी. होती है, वह सब तो तुम्हारे जीवन में है नहीं—तुम अच्छा खाती हो, अच्छा पहनती हो, साफ-सुथरी खुली जगह में रहती हो। पापा और मेरा प्यार तुम्हारे जीवन की हर घड़ी को सरस बनाए रहता है," फिर वह अपने आप ही निश्चयात्मक स्वर से बोल पड़ा—"नहीं नहीं! यह डॉक्टरों का भ्रम मात्र है, तुम्हें टी.बी. हो ही नहीं सकती! असम्भव, एकदम असम्भव!"

"हो सकने का सवाल नहीं निर्मल, शायद है ही! मेरी ममी टी.बी. से ही तो मरी थीं। हो सकता है शायद यही कारण हो।"

कुछ सोचते हुए निर्मल ने कहा—"अच्छा!" उसके स्वर में उतार आ गया और बालों में अठखेलियाँ करती उँगलियाँ एकाएक ही शिथिल हो गईं।

"तब तो इसका मतलब हुआ कि तुम्हारे बच्चों को भी टी.बी. होगी!" बालों में से उँगलियाँ निकालते हुए उसने कहा।

शैल खिलखिलाकर हँस पड़ी—"मेरे ही बच्चे क्यों? क्या तुम्हारे नहीं होंगे?—अरे कहो, अपने बच्चे!"

निर्मल ने देखा, उसके चेहरे पर मातृत्व उमड़ आया और आँखें लाज से झुक-झुक गईं—पर जाने क्यों निर्मल इस बात पर न हँस सका और न हमेशा की तरह शैल के इस रूप पर बिखर-बिखर जाने को उसका मन हुआ।

आँखों में आए लाज के उस भाव से अपने सारे चेहरे को गुलाबी रंग से रँगते हुए शैल ने कहा—"देखो आज डॉक्टर आए थे तो मैंने उनसे कह दिया कि 23 मई तक मुझे अच्छा कर ही दीजिए, चाहे मुझे टी.बी. हो या टी.बी. का बाप! मुझे तब तक अच्छा होना ही है। पूछने लगे—क्या बात है 23 मई को?"

"अच्छा बताओ तो भला मैं अपने मुँह से अपनी शादी की बात कैसे कहती? अब तुम जाकर कह देना कि हमारी शादी है। समझे! कह दोगे न?"—पर निर्मल का मन जाने कहाँ खोया था। धीरे-से वह कुर्सी

के हत्थे से उठा और सामनेवाली कुर्सी पर बैठ गया। निर्मल की उदासीनता की ओर बिना ध्यान दिए शैल अपनी ही धुन में कहती गई, "देखो यहाँ सारे दिन पड़े-पड़े मन नहीं लगता सो मैंने एक साड़ी काढ़ना ही शुरू कर दिया है। हम लोग जब घूमने जाएँगे तो तुम देखना, मैं रोज एक-से-एक बढ़िया साड़ी पहनकर चला करूँगी। लोग-बाग कहेंगे—"वाह साहब, क्या ठाठ हैं तुम्हारी बीवी के"—और उसका मन छः महीने की अवधि लाँघकर एक क्षण में ही उस जगह जा पहुँचा जहाँ के सुनहरे सपने बुनते-बुनते ही शैल के रात-दिन बीता करते थे। पर जाने क्या था कि निर्मल न शैल की इन बातों में ही अपना मन रमा पा रहा था, न अपनी ओर से ही कोई ऐसी हल्की-फुल्की बात कर पा रहा था, जिससे शैल का कुछ कष्ट ही घटे। अवसाद के काले मेघ उसके मन पर धीरे-धीरे घने होते जा रहे थे। वह स्वयं नहीं समझ पा रहा था कि वह कौन-सी मजबूरी है, कैसी बेबसी है जो उसे खुलकर नहीं हँसने देती। विचित्र-विचित्र शंकाएँ उसके मन में उमड़-घुमड़ रही थीं, और उनके नीचे दबा भाव-शून्य नजरों से वह दूर कहीं देख रहा था, मानो उसे शैल की उपस्थिति का अहसास ही न हो।

मिस्टर वर्मा की भावशून्य नजरें दूर के किसी अदृश्य-दृश्य में उलझी देखकर मिसेज वर्मा एक क्षण को रुकीं। पर उनका मौन भी मिस्टर वर्मा के ध्यान को अपनी ओर आकर्षित न कर सका। मिसेज वर्मा अपनी कहानी की इस उपेक्षा पर बुरी तरह खीझ पड़ीं और अपने पैर से उनके पैर को झकझोरते हुए बोलीं—"कहाँ ध्यान है तुम्हारा? कहानी सुन भी रहे हो या मैं यों ही बकवास किए जा रही हूँ?"

"एँ?" अपने बिखरे फैले मन को समेटने का असफल-सा प्रयास करते हुए मिस्टर वर्मा ने मिसेज वर्मा की ओर देखा। उनके हाथ में कहानी के पन्ने देखकर उनकी चेतना लौटी तो सफ़ाई देते हुए बोले, "कहानी ही तो सुन रहा हूँ। रात के इस सन्नाटे में तुम्हारी इस कहानी से मन जाने क्यों भारी-भारी हो आया।"—मिस्टर वर्मा के इस वाक्य

को अपनी कहानी की सफलता मानकर परम तृप्ति के साथ मिसेज वर्मा ने आगे पढ़ना आरम्भ किया।

''लीला भारी कदमों और उससे भी भारी मन लिए जेल में अपने पति से मिलने के लिए जा रही है। उसका रोम-रोम जानता है कि पति से जेल में मुलाकात करने का यह अन्तिम दिन है। वह चाहती है कि वह हँसकर अपने पति को विदा दे, पर लाख प्रयत्न करने पर भी मन का दुःख आँखों में फूटा-फूटा पड़ता है, और उसके क़दम और अधिक भारी, और अधिक शिथिल हो जाते हैं, फिर भी एक अलौकिक सन्तोष और तृप्ति की भावना उसके मन में है कि मरने से पहले वह अपने पति को अपना सब कुछ दे सकी! अपने को लुटाकर उसने उसे सुखी बनाया, धनी बनाया। जेल का फाटक आ गया–एक क्षण को वह ठिठकी।''

सैनिटोरियम के फाटक पर निर्मल के क़दम रुक गए। जिन कदमों को अपनी सारी शक्ति लगाकर वह यहाँ तक खींच लाया, उन्होंने जैसे अब जवाब दे दिया। डॉक्टरों से हुई लम्बी बातचीत, माँ का भी टी.बी. से मरना, पिता की हताशा...शैल के चेहरे का निरन्तर बढ़ता हुआ पीला मुर्झायापन...ये सब वो जंजीरें थीं जिसने उनके पैरों को जकड़ लिया था। निर्मल जानता है कि फाटक में घुसकर लम्बे अहाते को पार करते ही वह शैल के कमरे के सामने जा पहुँचेगा। शैल–जिससे मिलने के लिए कभी उसके क्षण युग-युग जैसे लम्बे हो जाया करते थे–वही शैल आज उसके इतने समीप है, फिर भी उसके मन में मिलने की कोई उत्सुकता नहीं, आतुरता नहीं। वह हृदय से शैल के पास जाना चाहता है, पर न जाने कौन है जो उसे निरन्तर पीछे की ओर घसीट रहा है। इस कशमकश में वह नहीं जानता, वह क्या करे! एक ठंडी निःश्वास उसके सीने से निकल जाती है और शैल का जर्द कुम्हलाया हुआ चेहरा उसकी आँखों के आगे घूम जाता है,

जिसमें न कोई सौन्दर्य है, न कोई आकर्षण और न इनकी सम्भावना ही–फिर भी वह अहाते की ओर बढ़ता है। सैनिटोरियम के भवन की छत पर लगे हुए क्रॉस में उसकी दृष्टि उलझ जाती है। ओह! वह वहाँ से नजरें हटा लेता है। जाने क्यों, उसे ईसाइयों का यह पवित्र क्रॉस बड़ा ही मनहूस-सा दिखाई देता है। इसी क्रॉस पर तो कुछ निर्दयी लोगों ने निर्दोष ईसा को टाँगकर उनके प्राण ले लिए थे। वह नीचे अपनी परछाईं को देखते हुए आगे बढ़ता है। शैल के कमरे की निकटता उसकी चाल को और अधिक शिथिल कर देती है। आज पूरे पन्द्रह दिन बाद वह शैल के पास आया है। उसे कुछ-न-कुछ सफ़ाई देनी होगी, पर उसके रीते मन में कोई बात नहीं सूझती। वह दरवाजे पर पहुँचकर देखता है–शैल पलंग पर लेटी है। पन्द्रह दिनों में ही वह जैसे बहुत कमज़ोर हो गई है। शैल ने देखा तो ऐसे स्वर से बोली जिसमें जीवन का कोई लक्षण ही न था–"बाहर ही बैठो निर्मल! मेरे कमरे में मत आओ। अब तो कफ में बुरी तरह खून निकलने लगा है।" निर्मल दरवाजे पर ही ठिठक गया। बड़ी बेबस निगाहों से उसने एक बार शैल की ओर देखा तो महसूस किया मानो शैल का मौन चीख-चीखकर कह रहा है–"तुम्हें रोकना मेरा फर्ज था, मैंने रोक दिया, पर तुम्हें तो इस तरह नहीं रुकना चाहिए न? पन्द्रह दिन बाद आए हो, क्या एकबार भी अपनी प्यार-भरी उँगलियों से मेरे बालों को नहीं सहलाओगे?"

उसका मन होता है कि भीतर चला जाए, शैल को सीने से लगा ले, पर वह जहाँ-का-तहाँ रह जाता है–मौन, निरुत्तर!

शैल की आँखों में आँसू छलछला आते हैं–वह नज़र फेर लेती है। निर्मल का मन बुरी तरह कचोट उठता है। तभी ममी आ जाती हैं। बाहर खड़ी-खड़ी वे तबीयत के समाचार पूछ लेती हैं–उसकी आवश्यकता और सुख-सुविधा की बात पूछ लेती हैं–फिर कहती हैं–"शैल, बिन्नी और पप्पू आए हैं। रो-रोकर घर भर दिया कि दीदी को देखेंगे। हारकर लाना ही पड़ा। बाहर खड़ाकर आई हूँ। तुम जरा

खिड़की से सिर निकालकर दिखा दो तो उन्हें तसल्ली हो जाए।''

बच्चों के इस स्नेह की बात सुनकर शैल की आँखों में आँसू ढुलक पड़ते हैं। वह खिड़की से मुँह निकालती है, हाथ हिलाती है। उसके बाद उसका चेहरा भावशून्य हो जाता है। वह न ममी की ओर देखती है, न निर्मल की ओर। ममी फिर आने का आश्वासन देकर चल देतीं हैं। निर्मल अजीब-सी घुटन महसूस करता है। शैल उसे पन्द्रह दिन बाद आने के लिए उलाहने नहीं देती, झगड़ा नहीं करती—मानो उसने परिस्थिति को समझ लिया है और मौन भाव से स्वीकार कर लिया है। बात-बात पर मचलने, रूठने और मुँह फुलानेवाली शैल की यह मौन-स्वीकृति निर्मल से जैसे बर्दाश्त नहीं होती, पर...जब वह सोचता है कि यदि शैल इस लम्बी अनुपस्थिति का कारण पूछ बैठे तो उसके पास क्या उत्तर है? अपने मन के चोर से वह स्वयं भयभीत है, वह स्वयं उससे अनजान ही बना रहना चाहता है, शैल को बताने की बात तो उठती ही नहीं। उचित सच्चाई के अभाव में शैल के मौन से उसे व्यथा के साथ-साथ कुछ राहत भी मिलती है। शैल की नजरों से अपने-आपको चुराती हुई उसकी नज़र बगलवाली दीवार के कैलेंडर पर जा टिकती है। वह देखता है- कैलेंडर में से फरवरी, मार्च और अप्रैल के पन्ने फाड़कर मई का पन्ना निकालकर रखा गया है, और 23 ता. के चारों ओर लाल पेंसिल से गोला बना रखा हैं उसका मन तड़प उठता है। वह चाहता है—शैल बोले, पर शैल बोलती नहीं। उसका मौन तुड़वाने के लिए अपनी सारी शक्ति बटोरकर निर्मल कहता है—''शैल, पिताजी का पत्र आया है। लगता है ट्रेनिंग के लिए मुझे जाना ही होगा।'' शैल सुनती है पर न उसके चेहरे पर कोई विकार उत्पन्न होता है, न उसका मौन ही टूटता है। अपने-आपको बड़ी कुशलता से बचाते हुए निर्मल शैल से कहता है, ''तुम सो जाओ शैल, अधिक देर बैठना शायद तुम्हारे लिए ठीक नहीं। अधिक बात करने के लिए भी शायद तुम्हें मना किया गया है। ठीक है, तुम चुप ही रहो। मैं भी चला। और देखो, समय-समय पर अपनी तबीयत के समाचार देते रहना। न हो तो

ममी से लिखा भेजना।" फिर अत्यन्त स्नेह से, कोमल स्वर में, बड़े आग्रह से उसने पूछा, "ख़बर भेजोगी न?" स्वर की इस आर्द्रता ने अनायास ही शैल के हृदय के मौन गुप्त तारों को झनझना दिया। उसकी भावहीन आँखें एक क्षण को निर्मल के चेहरे पर टिकीं! इन नजरों में जाने ऐसा क्या था कि निर्मल महसूस करता है जैसे वह बहुत बड़ा झूठ कहते हुए पकड़ लिया गया है। पर निर्मल में इतना साहस न था कि वह उसका सामना कर सकता। हाथ हिलाया और जल्दी से मुड़ गया।

आते समय उसके क़दम शिथिल और भारी हो रहे थे, लौटते समय उतनी ही स्फूर्ति के साथ वह चला जा रहा है। वह उस कमरे से काफी दूर आ गया है, फिर भी उसे लगता है जैसे खिड़की में से झाँकते दो आँसू-भरे व्यथित नयन उसकी पीठ में चुभे जा रहे हैं! वह सीधा रास्ता छोड़कर अकारण ही मुड़ जाता है।

मिस्टर वर्मा के चेहरे पर अपनी कहानी की प्रतिक्रिया देखने की उत्सुकता में मिसेज वर्मा ने मिस्टर वर्मा की ओर देखा। वर्मा साहब की दृष्टि कहानी के पन्नों पर टिकी हुई थी, और उनके ललाट पर दो सल पड़े हुए थे जिसका कारण शायद चश्मे की अनुपस्थिति हो। पति को अपनी कहानी में यों डूबा हुआ देखकर मिसेज वर्मा के चेहरे पर प्रसन्नता की आभा छलक पड़ी, उन्होंने कहा—"देखो, इस पत्र को ध्यान से सुनना। यह लीला का अपने पति के नाम अन्तिम पत्र है।" फिर स्वर में चैलेंज का पुट लाकर बोली, "मैं दावे के साथ कह सकती हूँ कि पत्थर दिलवाला आदमी भी इसे पढ़कर बिना पसीजे नहीं रहेगा"—पर मिस्टर वर्मा के कानों में 'पत्र' शब्द के अतिरिक्त मिसेज वर्मा का और कोई शब्द नहीं पहुँचा। मिसेज वर्मा ने पत्र पढ़ना आरम्भ किया, लेकिन मिस्टर वर्मा की धुँधली आँखों के सामने एक और ही अस्पष्ट-सा पत्र उभर आया। धीरे-धीरे पत्र का एक-एक शब्द स्पष्टतर होता गया—

''प्रिय बेटा निर्मल,

समझ नहीं पा रहा हूँ कि यह पत्र तुम्हें कैसे लिखूँ, पर लिखे बिना रहा भी नहीं जा रहा है। शैल की हालत तो जैसी तुम छोड़कर गए थे, वैसी ही है, पर डॉक्टरों का कहना है कि यदि 23 तारीख को किसी भी तरह शैल की शादी कर दी जाए तो शैल के अच्छे हो जाने की काफी सम्भावना है। इस स्थिति में शैल से विवाह करने की बात कहते हुए भी बड़ा संकोच होता है। किस मुँह से कहूँ, पर बेटी के प्राणों का मोह कहने को मज़बूर कर रहा है। एक दिन शैल का जीवन तुम्हारे हाथों में सौंपने का निश्चय किया था, वह आज भी तुम्हारे ही हाथों में है—चाहे बचा लो, चाहे खो दो। बहुत सोचकर क़दम उठाना मेरे बच्चे! एक निर्दोष बच्ची और बेबस बाप की आत्मा तुम्हें युग-युग तक दुआएँ देंगी।''

मिस्टर वर्मा को एकाएक ही लगा जैसे उनकी साँस रुक रही है। उन्होंने दोनों हाथों से अपनी आँखें बन्द कर लीं। वह पत्र विलीन हो गया। पर उसकी जगह एक तार उभर आया जिसमें 23 मई को शैल की मृत्यु होने का समाचार था। मिस्टर वर्मा बद-हवास से उठ बैठे और चिल्लाकर बोले—''मेरा चश्मा दो।'' मिस्टर वर्मा की इन सारी हरकतों को अपनी कहानी की सफलता का प्रमाण मानकर मुस्कुराते हुए मिसेज वर्मा ने कहा—''बस चार लाइनें और सुन लो।''

''तुम मेरा चश्मा दो।'' वर्मा साहब क्रोध से झल्ला उठे। उनका स्वर बुरी तरह भर्राया हुआ था। इस अप्रत्याशित क्रोध को मिसेज वर्मा समझ नहीं पा रही थीं कि तभी वर्मा साहब चीख पड़े—''मैं कहता हूँ मेरा चश्मा दो, नहीं तो मेरा दम घुट जाएगा।'' मिसेज वर्मा के हाथ से चश्मा लेकर उन्होंने काँपते हाथों से अपनी आँखों पर चश्मा चढ़ाया तो उन्हें ऐसा लगा मानो किसी अतल समुद्र की गहराई में से, जहाँ केवल अन्धकार था और उनका दम घुट रहा था, वे बाहर निकल आए हैं। निश्चिन्तता की एक लम्बी साँस खींचकर उन्होंने अपने चारों ओर

देखा। सामने मिसेज वर्मा श्वेत साड़ी में लिपटी, चेहरे पर आतुरता का भाव लिए बैठी थी। पास ही पलंग पर बच्चू निश्चिन्त भाव से सो रहा था। लॉन के चारों ओर के पेड़ रुपहली चाँदनी में नहाए खड़े थे और उनके अपने छोटे-से सुन्दर बंगले की दीवार से सटा हुआ रातरानी का पेड़ उन्मुक्त भाव से अपना सौरभ बिखेर रहा था।

●●●